Pour Amuser les Petits

ou les Joujoux que l'on peut faire soi-même

Texte et dessins en couleurs par

TOM TIT

LE PLON-NOURRIT — ÉDITEURS, RUE GARANCIÈRE — PARIS

E. PLON, NOURRIT et Cⁱᵉ, IMPRIMEURS-ÉDITEURS, RUE GARANCIÈRE, 10, PARIS

JEAN, MARGUERITE, SUZANNE et JENNY.

Mes Chéris,

Vous retrouverez ici les joujoux que je vous ai appris à fabriquer avec des bouchons, des coquilles de noix, des brins de paille, de la mie de pain, des marrons, des glands, des bouts d'allumettes et bien d'autres objets faciles à se procurer. Ces joujoux sont beaucoup moins beaux que ceux que vous recevez pour vos étrennes, et cependant ce sont ceux que vous aimez le mieux, soit parce qu'ils ont été faits sous vos yeux, soit parce que vous les avez construits vous-mêmes. Vos petits amis, vos petites amies, venus pour voir notre fabrique de jouets, ont été enchantés lorsque vous leur avez offert un jambon en mie de pain pétrie et coloriée, un animal ou une poupée en bouchon, et, rentrés chez eux, ils ont aussitôt essayé d'imiter les joujoux qu'ils avaient emportés.

J'ai pensé que beaucoup d'enfants, en France et dans d'autres pays, seraient heureux d'apprendre à fabriquer, eux aussi, des joujoux pour leurs amis et pour eux. Ils n'auront, pour cela, qu'à copier les exemples qu'ils trouveront plus loin, en suivant exactement les explications qui les accompagnent; ils pourront ensuite les modifier suivant leur goût et créer des jouets nouveaux. Pour ceux qu'ils ne pourraient exécuter tout seuls, je pense que le grand frère, la grande sœur, le papa ou la maman voudront bien les aider un peu, comme ils le font déjà pour les analyses ou les problèmes.

Je souhaite que mes jeunes lecteurs et lectrices aient autant de plaisir à copier ces modèles de joujoux que j'en ai eu à les réunir pour eux; puisse l'Album que je vous dédie aujourd'hui faire paraître moins long un jour de pluie, distraire un enfant malade, exciter de bons gros rires, sécher une petite larme!

Votre papa,

Arthur Good

NOTRE FABRIQUE

Regardez la page ci-contre, mes chers amis; vous y trouverez tous les outils qui nous seront nécessaires pour installer notre fabrique de joujoux.

Les deux outils principaux sont : le *couteau* avec lame de canif qui nous servira à tailler le roseau, les bouchons, les bouts d'allumettes, puis les *ciseaux* (forme ciseaux à ongles) qui couperont le papier, le carton mince et la paille.

Je ne dirai rien du *crayon*, qui est un crayon noir ordinaire, ni de la *plume*, ordinaire elle aussi; le *crayon rouge et bleu* nous servira, à défaut de couleurs. Quant aux *couleurs*, notre boîte à couleurs nous les fournira; les plus utiles pour nous seront : le noir, le blanc, le bleu (bleu de Prusse), le rouge (vermillon) et le jaune (gomme-gutte). Vous pourrez y joindre la sépia colorée, la terre de Sienne brûlée et la laque carminée. Vous savez qu'avec le jaune et le bleu on obtient du vert, avec le bleu et le carmin, du violet, avec le bleu et le vermillon, du brun, avec le rouge et le jaune, de l'orangé, etc. Le pinceau sera un peu gros, mais avec une pointe fine.

A défaut d'un bâton de *cire à cacheter*, nous collectionnerons les petits bouts dont papa ne peut plus se servir et les souderons par la chaleur les uns au bout des autres ; nous aurons ainsi notre cire à cacheter à nous; elle nous servira à coller les noix, les coquillages, etc. Une pelote de *gros fil* (fil bis), une grosse *aiguille à coudre*, facile à enfiler pour les garçons, quelques *épingles à cheveux* et des *épingles ordinaires* compléteront notre outillage ; maman nous les fournira d'autant plus volontiers qu'elle évitera ainsi des visites à sa boîte de mercerie. L'*encre* sera de l'encre noire ordinaire ; nous pourrons la remplacer par de la couleur noire dans la plupart des cas. La *colle liquide* est de la gomme arabique dissoute dans de l'eau, passée à travers un linge et conservée dans un flacon bien bouché.

Il ne me reste plus qu'à dire un mot de l'instrument placé à gauche de notre dessin; nous l'appellerons, si vous le voulez, le *passe-partout;* il se compose d'une aiguille à tricoter enfoncée dans un bouchon. On fait rougir au feu l'extrémité de l'aiguille, et le bouchon permet de la saisir sans se brûler; on enfonce alors le bout rougi dans le morceau de bois, le roseau ou la coquille de noix que l'on veut percer; le trou se fait rapidement, et, en faisant chauffer l'aiguille à diverses reprises, vous arrivez à obtenir un trou parfaitement rond et de la largeur voulue. Vous pourriez essayer de percer des trous avec la pointe du canif, mais ce serait dangereux pour la pointe du canif, d'abord, pour vos doigts, ensuite.

Un *chiffon* nous sera très utile pour essuyer la plume, les couleurs et le pinceau; enfin, outre un grand *journal* que vous déploierez sur la table pour éviter les taches, vous placerez devant vous une petite planchette de bois ou un vieux calendrier en carton très épais, vous permettant de faire les entailles avec le canif sans danger pour le tapis ni pour la table.

Tous nos outils, sauf les bouteilles d'encre et de colle, seront rangés dans une boîte spéciale. Deux boîtes en carton nous seront également nécessaires ; dans l'une nous collectionnerons les vieux bouchons, les bouts d'allumettes brûlées, les vieilles cartes de visite et cartes à jouer, les marrons, glands, coquilles de noix, etc.; ce sera le *dépôt des matières premières*. Dans l'autre, plus petite, nous conserverons à l'abri de la poussière les objets en cours de fabrication ou les joujoux terminés : ce sera le *magasin*.

Et maintenant, enfants, à la besogne ! Tous nos amis vont venir nous faire leurs commandes, et notre magasin est vide. Hâtons-nous de le remplir !

Nos Outils
ENCRE NOIRE
TOM T11

LES BILLES

Croquet de poupée. — Le voyage contrarié. — Les culbuteurs. — La patineuse.

CROQUET DE POUPÉE. — Les *maillets* sont des bouchons de pharmacie, dans lesquels on enfonce une allumette servant de manche ; le *but* est une allumette plantée dans une rondelle de bouchon ; les *arceaux* sont des épingles à cheveux arrondies en demi-cercle et piquées dans de petits morceaux de liège ; enfin les *boules* du jeu sont des billes à jouer ordinaires.

LE VOYAGE CONTRARIÉ. — Piquez des épingles dans le fond d'un couvercle de boîte en carton ; découpez avec le canif, dans l'un des bords, une ouverture ; dans le bord opposé, faites plusieurs ouvertures, que vous numéroterez. Chaque joueur introduit sa bille par la porte d'entrée, après qu'on a mis le couvercle en pente en plaçant l'un de ses bouts sur un gros livre. Les billes descendent la pente, mais rencontrent en chemin les épingles qui les dérangent dans leur voyage. Le numéro de la porte par laquelle la bille sortira indique le nombre de points gagnés par chaque joueur.

LES CULBUTEURS. — Faites, avec une carte de visite découpée et repliée, la boîte A B C D. Mettez une balle de plomb ou une bille dans cette boîte, et collez sur les parties planes A et B B une bande de papier qui en fera le tour. Placez l'appareil sur une surface inclinée ; vous le verrez descendre la pente en faisant les plus drôles de culbutes.

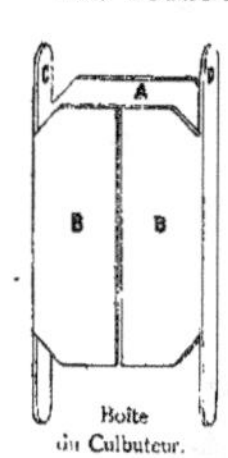

Boîte
du Culbuteur.

LA PATINEUSE. — Découpez, dans une carte de visite, un anneau A ; vous y faites passer une autre carte enroulée en forme de cornet sans pointe ; les bords de cette carte sont collés avec de la cire à cacheter ; la base du cornet est fixée aussi avec de la cire à l'anneau du carton. Mettez une bille (ou une balle de plomb, de la grosseur

indiquée au dessin) dans le cornet, puis collez sous l'anneau de carton A un anneau de papier B, dont le trou soit plus petit

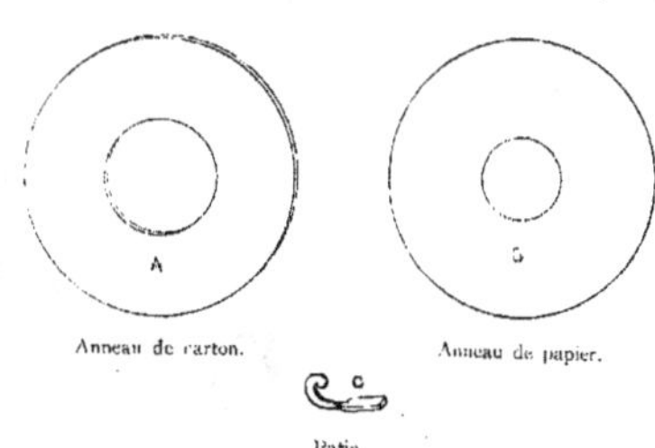

Anneau de carton.   Anneau de papier.

Patin.

que la largeur de la bille. Avec du papier mince (papier à fleurs), vous ferez une robe et une pèlerine, réunies par une ligature de fil. Coiffez le cornet de carton avec cette robe, et fixez la robe au cornet avec un peu de colle ; collez sur la ligature une petite figure découpée dans une image ; cela vous donne la tête de la poupée que vous coiffez d'un chapeau en papier plissé et ligaturé comme la robe ; vous collez le fond du chapeau au dos de la tête. Voilà la patineuse fabriquée ; vous pouvez ajouter un manchon en papier roulé en cylindre et collé sous la pèlerine, et deux bouts de patins en carton découpé, collés sur le bord de l'anneau A. Prenez à la main un calendrier, posez dessus la patineuse, et, en inclinant le calendrier d'un côté et d'un autre, vous verrez celle-ci glisser gracieusement en avant, en arrière, tourner sur elle-même, en un mot exécuter tous les exercices de nos patineuses les plus habiles.

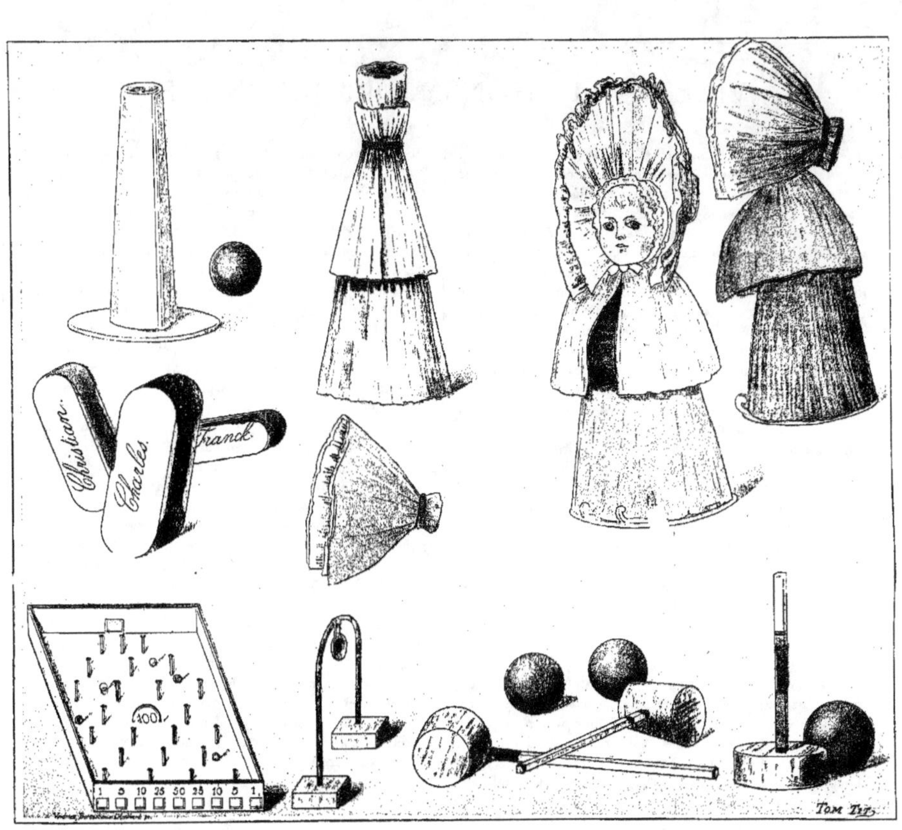

Christian.
Charles.
Franck.
400
Tom 757.

VIEUX BOUCHONS, JOUJOUX NEUFS

Voici un bouchon de bouteille de vin de Bordeaux; son liège est plus fin que celui des bouchons ordinaires; c'est avec des bouchons de ce genre que nous allons nous exercer d'abord. Il s'agit, pour commencer, de le couper en deux parties égales; pour cela, couchons-le sur notre planchette, mettons au milieu la lame du canif et appuyons avec la main gauche sur le dos de cette lame, pendant qu'avec la main droite nous faisons aller et venir le canif, ce qui fait rouler le bouchon en avant et en arrière. Au bout de quelques instants, nous aurons coupé le bouchon en deux, sans risquer de nous faire du mal. Frottez les parties coupées sur du papier de verre; vous les rendrez ainsi douces et polies. Prenez ensuite une des moitiés du bouchon et coupez-la en deux par le moyen indiqué plus haut. Vous aurez ainsi des morceaux ayant comme hauteur le quart de celle du bouchon primitif. Nous ferons ensuite des morceaux d'un huitième, puis d'un seizième, et, pour bien nous comprendre, nous appellerons ces morceaux : n° 2 (la moitié du bouchon), puis n° 4, n° 8 et n° 16. Quarante rondelles n° 8, bien polies au papier de verre, et dont vingt seront noircies avec de l'encre ou du noir d'ivoire, nous donneront les pions d'un JEU DE DAMES. — Posez un morceau n° 2 debout sur la planchette et coupez suivant un carré (voir le dessin) les quatre bords circulaires; égalisez et polissez sur le papier de verre, et vous obtiendrez un cube; marquez des points de 1 à 6, et vous aurez un DÉ A JOUER, en observant que, en additionnant les points de deux faces opposées, il faut toujours obtenir le chiffre 7. Ainsi, le 1 sera opposé au 6, le 2 au 5 et le 3 au 4. En coupant le cube en deux, vous aurez les petites PLAQUES qui nous ont servi pour piquer les arceaux du croquet. En coupant chaque plaque en quatre, nous obtenons de petits cubes dont chacun est le huitième du cube primitif. Ces petits cubes nous seront très utiles tout à l'heure. En arrondissant sur du papier de verre les angles des cubes, nous obtenons des boules, grandes ou petites, qui sont des BILLES SILENCIEUSES; Bébé pourra, sans danger, les jeter dans les carreaux. Deux rondelles n° 8, réunies par des épingles piquées tout autour, nous fourniront une CAGE A MOUCHES, nous permettant de rapporter vivant un joli insecte trouvé dans notre promenade. En enfilant sur une allumette (dont le phosphore a déjà brûlé) quelques-uns des morceaux que nous venons d'apprendre à tailler, nous pourrons fabriquer les pièces et les pions d'un JEU D'ÉCHECS. Pour le roi, par exemple, nous passerons l'allumette au milieu d'un morceau n° 8, portant deux entailles en croix figurant la couronne; elle traversera ensuite deux rondelles n° 16, puis un morceau n° 2, et enfin une rondelle n° 8, qui sera le pied de la pièce. Vous pourrez arrondir, avec une lime ou du papier de verre, le dessous du morceau n° 2 pour vous rapprocher de la forme véritable. La tête du cavalier s'obtient en réunissant obliquement, à l'aide d'une épingle, deux petits bouchons de pharmacie. Une entaille figurera la bouche. Les yeux et les naseaux seront brûlés dans le bouchon à l'aide du passe-partout. Les oreilles sont deux bouts d'allumettes. La moitié des pièces et des pions sera noircie. Nous aurons ainsi les blancs (couleur du bouchon) et les noirs.

Le tranchage du bouchon dans le sens de sa longueur est plus difficile que la confection des rondelles; il me faut cependant l'indiquer pour ceux qui désireront, en tranchant ainsi un bouchon en trois parties, conserver celle du milieu pour la polir au papier de verre et y marquer les points du JEU DE DOMINOS; la longueur du domino est le double de la largeur, ce qui arrive avec notre bouchon de Bordeaux. En coupant en deux le domino suivant sa longueur, vous obtenez des réglettes qui peuvent être ensuite découpées en cubes. Une fois bien familiarisés avec ces exercices préparatoires qui vous ont déjà fourni plusieurs jeux, vous voilà prêts à construire les jouets que vous trouverez aux pages suivantes.

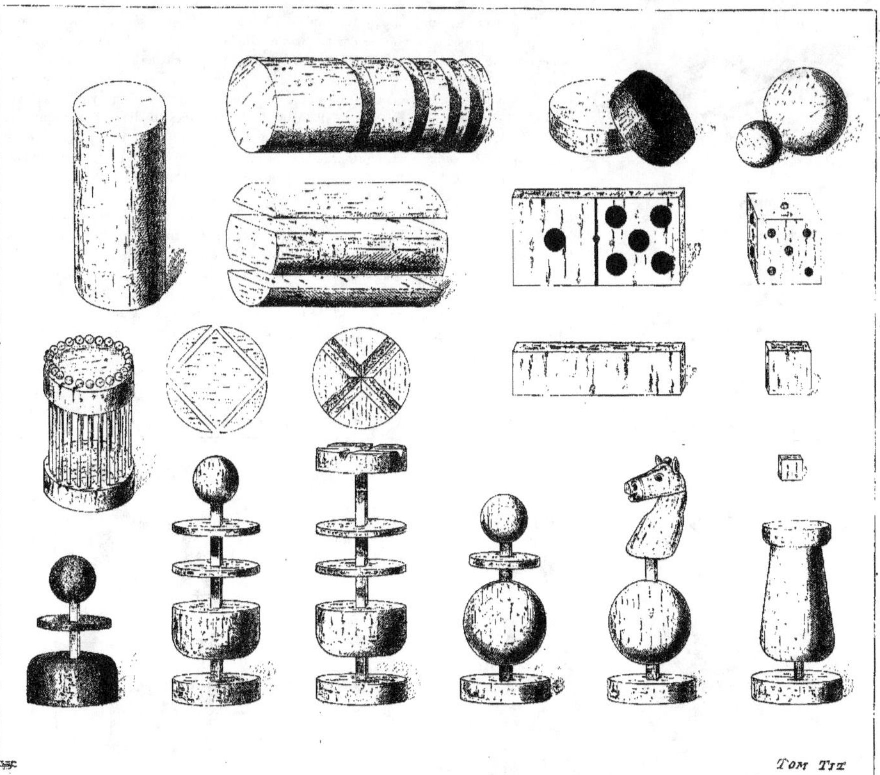

Tom Tit

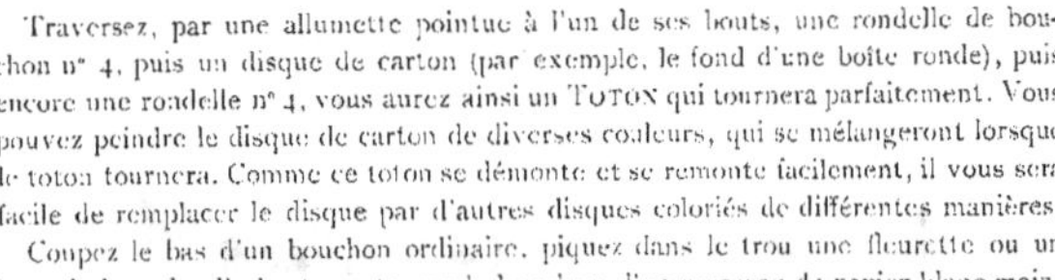

Traversez, par une allumette pointue à l'un de ses bouts, une rondelle de bouchon nº 4, puis un disque de carton (par exemple, le fond d'une boîte ronde), puis encore une rondelle nº 4, vous aurez ainsi un Toton qui tournera parfaitement. Vous pouvez peindre le disque de carton de diverses couleurs, qui se mélangeront lorsque le toton tournera. Comme ce toton se démonte et se remonte facilement, il vous sera facile de remplacer le disque par d'autres disques coloriés de différentes manières.

Coupez le bas d'un bouchon ordinaire, piquez dans le trou une fleurette ou un bout de branche d'arbuste, entourez le bouchon d'un morceau de papier blanc maintenu par de la colle ou par une épingle; voilà une Plante dans un pot a fleurs.

Un bouchon de moutarde dans lequel vous piquerez quatre allumettes vous donnera une Table rustique; vous collerez dessus, avec de la cire, un disque de carton, puis vous peindrez le tout avec de la couleur verte. Ayez soin d'amincir le bas des allumettes, pour rendre l'aspect plus gracieux. Une rondelle nº 8, dans laquelle vous piquerez quatre bouts d'allumettes amincis vers le haut, vous donnera un tabouret; piquez deux allumettes, amincies aux deux bouts, d'un côté dans la rondelle, de l'autre dans une traverse de liège, et vous aurez la Chaise de notre dessin. Une petite plaque de liège et quatre petits morceaux d'une allumette fendue en quatre, vous fourniront le Banc pour mettre sous les pieds.

Voici maintenant un Chariot de bébé pour les poupées qui ne savent pas marcher toutes seules. Notre dessin donne sa grandeur exacte. Quatre petits cubes de liège réunis par quatre allumettes, pointues aux deux bouts, vous donneront un

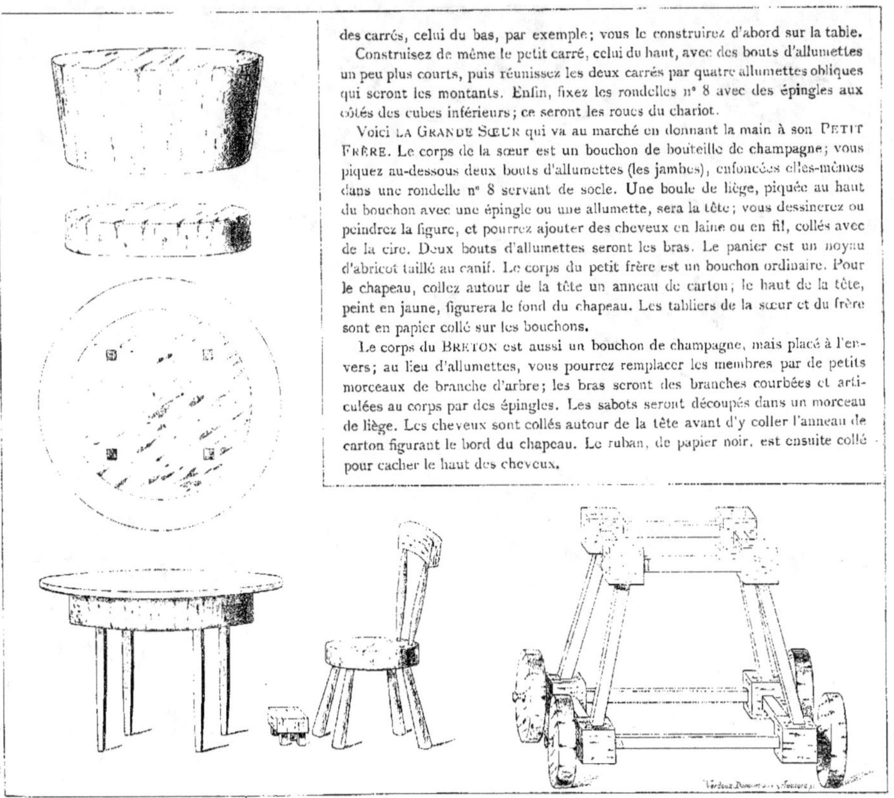

des carrés, celui du bas, par exemple; vous le construirez d'abord sur la table.

Construisez de même le petit carré, celui du haut, avec des bouts d'allumettes un peu plus courts, puis réunissez les deux carrés par quatre allumettes obliques qui seront les montants. Enfin, fixez les rondelles nᵒ 8 avec des épingles aux côtés des cubes inférieurs; ce seront les roues du chariot.

Voici LA GRANDE SŒUR qui va au marché en donnant la main à son PETIT FRÈRE. Le corps de la sœur est un bouchon de bouteille de champagne; vous piquez au-dessous deux bouts d'allumettes (les jambes), enfoncées elles-mêmes dans une rondelle nᵒ 8 servant de socle. Une boule de liège, piquée au haut du bouchon avec une épingle ou une allumette, sera la tête; vous dessinerez ou peindrez la figure, et pourrez ajouter des cheveux en laine ou en fil, collés avec de la cire. Deux bouts d'allumettes seront les bras. Le panier est un noyau d'abricot taillé au canif. Le corps du petit frère est un bouchon ordinaire. Pour le chapeau, collez autour de la tête un anneau de carton; le haut de la tête, peint en jaune, figurera le fond du chapeau. Les tabliers de la sœur et du frère sont en papier collé sur les bouchons.

Le corps du BRETON est aussi un bouchon de champagne, mais placé à l'envers; au lieu d'allumettes, vous pourrez remplacer les membres par de petits morceaux de branche d'arbre; les bras seront des branches courbées et articulées au corps par des épingles. Les sabots seront découpés dans un morceau de liège. Les cheveux sont collés autour de la tête avant d'y coller l'anneau de carton figurant le bord du chapeau. Le ruban, de papier noir, est ensuite collé pour cacher le haut des cheveux.

TOM TIT

Les canards. — La cigogne et sa fille. — La souris grimpeuse. — Le bouledogue.
L'ombre du voyageur. — Cheval à bascule.. — Promenade à âne.

LES CANARDS. — Avec une petite lime ou du papier de verre, arrondissez les angles d'une plaque de liège comme celle qui nous a servi à faire nos dominos ; taillez l'arrière en pointe, de façon à former le corps d'un canard ; la tête sera une petite boule de liège, piquée sur le corps à l'aide d'un bout d'allumette ; enfoncez à l'avant un morceau d'allumette plat et arrondi, ce sera le bec ; les yeux seront marqués à l'encre ou brûlés au passe-partout. Vous ferez de même les canetons.

LA CIGOGNE ET SA FILLE. — Le corps est un bouchon arrondi à l'avant et pointu à l'arrière. On trace les ailes au passe-partout. Les pattes de la mère seront faites au moyen d'une épingle à cheveux légèrement coudée en son milieu ; une demi-épingle fournira les pattes de la fille. Le cou et le bec sont des bouts d'allumettes, la tête une toute petite boule de liège, comme pour le canard. Creusez un bassin dans un bouchon de moutarde ; piquez au fond les pattes des cigognes et mettez-y un peu d'eau.

LA SOURIS GRIMPEUSE. — Avec la lime et le papier de verre, transformez un bouchon en souris ; les oreilles seront deux petits cornets en peau de gant grise ou rose ; la queue, un brin de laine ou de ficelle ; deux perles noires seront les yeux. Au bout du nez, vous piquerez une épingle, à la tête de laquelle vous attacherez le bout d'un long cheveu. L'autre bout du cheveu sera attaché à un bouton de votre vêtement. Passez l'une après l'autre vos deux mains sous le ventre de la souris d'avant en arrière, et il semblera aux spectateurs que c'est la souris qui grimpe sur vos mains pour venir vers vous, comme le ferait une petite souris bien apprivoisée.

LE BOULEDOGUE. — Les pattes, la queue et les oreilles sont des bouts d'allumettes ; la tête est fixée au corps par une épingle ; les yeux, la gueule et le nez sont brûlés au passe-partout ; enfin, pour donner au museau l'aspect noir et velouté, nous approcherons notre toutou du feu jusqu'à ce que sa figure ait pris la teinte de café bien grillé.

L'OMBRE DU VOYAGEUR. — Piquez un bouchon de champagne sur le bouchon d'une bouteille ordinaire, au moyen de deux bouts d'allumettes ; posez sur le haut une boulette de pain, une pièce de cinquante centimes, enfin un petit bouchon. Priez qu'on éteigne toutes les lumières, sauf la bougie que vous tenez à la main ; placez votre bougie derrière l'ensemble que vous venez de construire, et vous verrez apparaître sur le mur l'ombre d'un voyageur enveloppé dans son manteau à pèlerine, et coiffé d'un gibus.

CHEVAL A BASCULE. — Le corps, le cou et la tête sont trois bouchons taillés ; les oreilles sont de petits cornets en peau de gant ; la crinière et la queue, du fil noir. La bride et la selle sont en papier ou en peau de gant ; les deux arcs de la bascule sont en carton, reliés par deux traverses en liège dans lesquelles on pique les allumettes figurant les quatre pattes.

PROMENADE A ANE. — Pour en finir avec les bouchons, voici un petit garçon se promenant sur un âne ; l'enfant est fabriqué avec des bouchons et des branches d'arbre ; d'autres morceaux de branches, coudés convenablement, serviront à faire les jambes de l'âne. La queue est une ficelle détortillée au bout. La vue par derrière vous montre comment il faut tailler le bouchon formant le corps de l'âne, afin de permettre au cavalier de bien l'enfourcher.

14

LES ORANGES

Rond de serviette. — Vide-poches. — Sarbacane. — Personnages divers.

ROND DE SERVIETTE. — Faites deux incisions circulaires dans la peau d'une orange, à une certaine distance l'une de l'autre ; enlevez d'abord les deux calottes, puis passez un couteau entre l'anneau de peau d'orange et le fruit ; en faisant faire à la lame du couteau le tour de l'orange, vous enlevez l'anneau que vous mettez autour d'un verre à boire pour l'empêcher de se rétrécir et de se déformer en séchant. Au bout de quelques jours, l'anneau est devenu dur comme du bois et vous fournira un excellent rond de serviette. Si vous désirez y tracer des dessins ou des lettres, par exemple un nom, il faudra faire cela sur l'orange même, avant de la peler. On trace les dessins ou les lettres avec une plume et de l'encre, et on enlève l'épiderme jaune partout où l'on veut avoir un fond blanc.

VIDE-POCHES. — La moitié d'une peau d'orange, que l'on appelle la calotte, peut être posée sur un pied, ce qui lui donne la forme d'un petit bol. Ce pied n'est autre chose qu'un anneau découpé dans une autre calotte. On réunit ces deux pièces l'une à l'autre avec un peu de cire quand la peau commence à être sèche. Vous obtenez ainsi un cendrier pour le cigare de papa, ou un vide-poches pour mettre les petits objets que vous désirez conserver. Vous pouvez tracer sur une orange différents sujets : une fleur, un oiseau, ou une scène de Guignol, comme le montre notre dessin.

SARBACANE. — Appuyez fortement le bout d'un tuyau de plume d'oie sur une peau d'orange ; il y découpe, comme un emporte-pièce, de petites rondelles qui seront vos projectiles. En soufflant par l'autre bout, vous enverrez ces obus très loin.

PERSONNAGES. — Prenez une orange, enlevez dans la peau un petit morceau pour figurer un tablier blanc ; mettez sur l'orange une calotte provenant d'une autre orange un peu plus grande et fendue par devant ; ce sera la pèlerine. Piquez sur le haut une amande verte, à l'aide d'un morceau d'allumette pointue à ses deux bouts. Voilà la tête de la poupée. Vous pouvez mettre à nu, avec le canif, une partie de l'écorce de l'amande, en forme d'ovale, et y dessiner à l'encre la figure de la jeune personne.

Le corps du CHEF TARTARE est un pot à moutarde entouré d'une étoffe de couleur, par exemple un petit foulard de soie, figurant la robe. Un autre foulard sera la ceinture. Posez sur le pot ainsi préparé une calotte qui sera la pèlerine ; piquez une allumette dans le milieu du bouchon de moutarde, pour maintenir cette calotte, et, sur l'autre pointe de cette allumette, piquez une orange dans laquelle vous aurez sculpté la figure. La tête peut être coiffée d'un turban, ornée d'une plume, etc. Le terrible sabre est en deux morceaux, serrés par la ceinture. Deux petits bouts de peau pointus figurent les pieds du personnage. Une bande de peau d'orange fait le tour du cou ; elle est maintenue par une épingle piquée sur le côté du bouchon du pot de moutarde.

LA SULTANE est construite de façon aussi simple. Superposez trois calottes de même grandeur, et vous aurez la jupe à volants. Un rond de serviette sera la ceinture. Une orange, sur laquelle est posée une calotte entaillée en forme de pèlerine, voilà le buste. Piquez dans cette orange une allumette verticale sur laquelle vous enfilerez la tête. Une petite calotte sera la coiffure. Vous ajouterez des boucles d'oreilles et un collier, ce dernier composé des petites rondelles découpées avec le tuyau de plume, mais amincies, et enfilées sur un fil. L'ensemble peut être recouvert d'une mousseline figurant le voile de la jeune personne.

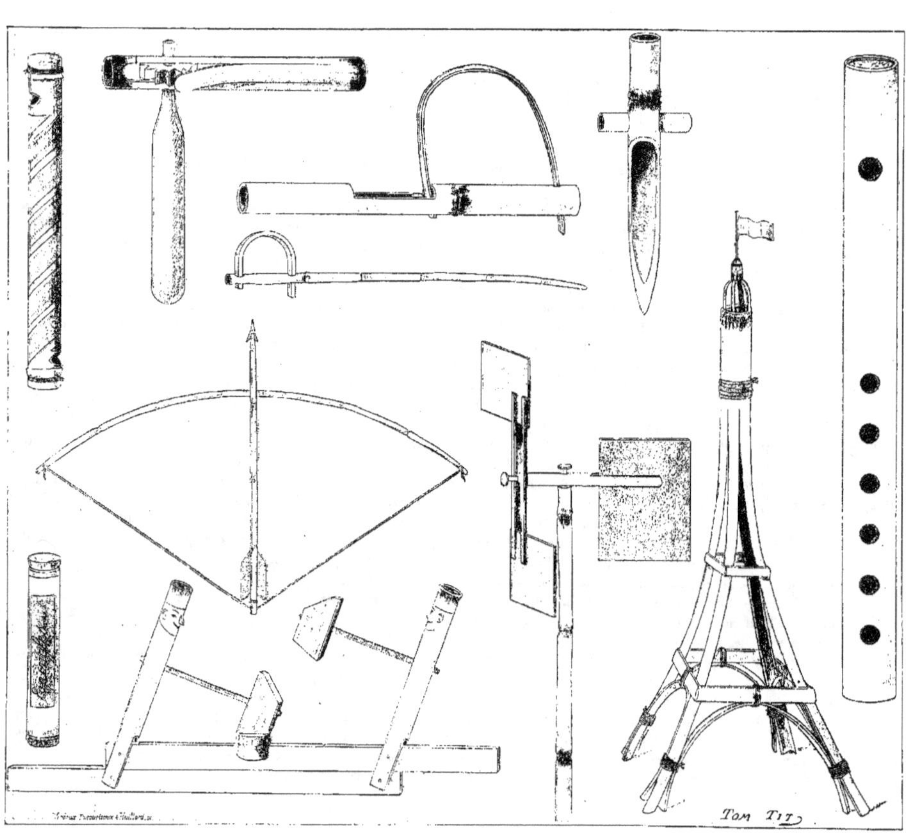

Tom Tit

LE ROSEAU

Mirliton. — Étui. — Flûte. — Crécelle. — Arc. — Sabre. — Poignard. — Pistolet. Les Forgerons. — Moulin. — Tour Eiffel.

Une vieille ligne à pêcher en roseau fera notre affaire pour fabriquer les objets que vous voyez ici. Si vous coupez le roseau entre deux nœuds, de façon à obtenir un tube ouvert aux deux bouts, vous pourrez en faire un MIRLITON en garnissant chacun de ses bouts d'une mince peau d'oignon, bien tendue et maintenue par une ligature de fil. Vous ferez sur les côtés, près des bouts, les deux entailles par lesquelles on doit chanter pour faire fonctionner l'instrument. Si vous coupez le roseau d'un côté entre deux nœuds, de l'autre au delà d'un nœud, vous obtenez le petit ÉTUI à épingles et à aiguilles que l'on ferme par un bouchon. La FLUTE est un tube bouché à l'un de ses bouts par une rondelle de bouchon et percé, au passe-partout, de sept trous : un grand trou qui est l'embouchure, et six trous également distants servant à faire les notes. La CRÉCELLE se compose d'un manche, aminci à son extrémité, d'une roue dentée fixée sur ce manche et d'un tourniquet en roseau. Ce tourniquet est percé de deux trous par lesquels passe l'extrémité amincie du manche. Entre ces deux trous se trouve la roue dentée, qui ne tourne pas ; c'est une rondelle de bois dans laquelle on a fait des encoches. On entaille dans le tourniquet une grande languette flexible qui s'appuie sur la roue dentée. Quant aux armes telles que l'ARC ET SA FLÉCHE, le SABRE, le POIGNARD, le dessin explique de lui-même leur mode de construction. Le PISTOLET se compose d'un morceau de roseau portant en dessus une grande échancrure ; la détente est une lame de roseau fendu, formant ressort ; la gâchette est le bout de cette lame qui traverse un trou pratiqué au fond de l'échancrure. Le projectile (une boulette de mie de pain ou un bout de bois) est posé dans l'échancrure contre la détente. Pour faire partir le coup, on appuie avec le doigt sur la gâchette pour la faire remonter ; elle s'échappe du

trou, et la détente chasse vivement le projectile par le tube du canon et l'envoie à plusieurs mètres de distance.

Les FORGERONS qui battent l'enclume sont en roseau ; les articulations sont quatre épingles ou quatre petits clous ; deux petites lames de bois sont les coulisses ; l'enclume et les marteaux sont en bouchons. On perce d'avance au passe-partout les trous par lesquels passeront les épingles.

Le MOULIN se compose de trois pièces en roseau : 1° un bout de roseau fendu supportant les ailes, 2° l'axe, 3° le support. L'axe est horizontal : c'est un morceau de roseau fendu à l'un de ses bouts ; on introduit dans cette fente un morceau de carton qui sert à orienter le moulin et à faire contrepoids aux ailes. A l'autre bout, on met un bouchon dans lequel est enfoncé un clou traversant le milieu du morceau de roseau fendu en deux supportant les ailes. Ces ailes sont deux carrés de carton, enfoncés dans les fentes du roseau fendu. L'axe horizontal est percé d'un trou par lequel passe un autre clou ; ce clou est enfoncé dans le bouchon qui est fixé au sommet du montant vertical. On enfonce ce montant dans la terre, et l'on voit tourner le moulin au souffle du vent.

Enfin, la TOUR EIFFEL se construit avec un roseau dont l'un des bouts est fendu en quatre. Quatre lames de roseau, recourbées en demi-cercle, maintiennent l'écartement des pieds. Quatre lames droites de roseau fendu figurent la première plate-forme. Le tout est assemblé par des ligatures de fil. Quatre lames collées au-dessus figurent la deuxième plate-forme. Dans le haut, une forte ligature empêche les fentes de s'étendre. Deux petits arcs en lames de roseau, placés au haut de la tour, supportent l'observatoire, un bouchon, dans lequel est piquée l'épingle servant de hampe au drapeau. Le drapeau, en papier, est collé sur un fil.

LES NOISETTES

Choisissez une noisette la plus grosse possible et de forme bien régulière; en l'entaillant tout doucement avec le canif, vous arriverez à la transformer en un petit panier; vous pourrez vous servir d'une lime triangulaire pour polir les bords des entailles, afin de les rendre bien lisses. Vous donnerez aussi quelques coups de lime sous le panier pour le rendre plat en dessous et lui permettre de se tenir droit. La coquille de la noisette est plus dure que celle des marrons et des glands, qui nous serviront aussi à faire des paniers et des corbeilles; mais les paniers en noisette ne s'abîment pas comme les autres et conservent toujours leur forme. Un amateur de petits travaux manuels m'a apporté un jour le panier en noisette représenté à droite de notre dessin; il a eu l'habileté de le faire sans toucher à l'amande intérieure de la noisette. Je vous donne ce modèle comme un exemple d'adresse et de patience. En grattant le panier en noisette avec la pointe du canif, on enlève la couleur brune et l'on peut dessiner ainsi des ornements ou des fleurs pâles sur un fond brun plus foncé.

Comme fantaisie, je puis vous indiquer aussi les insectes en noisette que vous voyez en train de dévorer une feuille d'arbre. La tête est dessinée sur la partie de la noisette colorée en gris.

LES NOYAUX

Le panier plat et le panier profond sont découpés dans des noyaux de pruneaux, beaucoup plus faciles à travailler que les noisettes. Les noyaux de pruneaux nous donneront aussi la jolie paire de sabots de poupée; comme animaux, nous y taillerons des quadrupèdes ayant la forme de cochons d'Inde ou d'ours blancs. Vous pourrez représenter ainsi une ourse portant son ourson sur son dos et posée sur un morceau de glace qui flotte sur l'eau. (A défaut de glace, vous ferez flotter sur l'eau de votre verre une croûte de pain.)

Le noyau d'abricot nous donnera tout d'abord le Sifflet d'Oiseleur que nous avons tous fabriqué dans notre enfance en frottant sur une pierre mouillée les deux faces de ce noyau et en enlevant l'amande par petits morceaux, à l'aide d'une épingle à cheveux. Ce sifflet se place entre les lèvres entr'ouvertes et les dents; en aspirant et en soufflant, on imite le chant de l'alouette. Dans les jouets en bouchons, nous avons vu que la grande sœur, donnant la main à son petit frère, portait un panier en noyau d'abricot. Enfin, c'est aussi dans un noyau d'abricot que nous taillerons le Coulant de Cravate représenté par devant et par derrière sur notre dessin. C'est, comme vous le voyez, une sorte de panier dont le fond est découpé en forme de cœur. On passe la cravate dans l'anse, et le coulant se trouve ainsi au milieu du nœud. On le décore en y dessinant un ornement quelconque, que l'on peut colorier; on peut aussi tracer ces ornements avec la pointe du passepartout rougie au feu (1).

(1) Ceux d'entre vous qui possèdent le livre *la Science amusante* y trouveront la manière de faire des chaînes, bracelets et colliers avec des noyaux de cerises, ainsi que la manière de traverser des noisettes, sans le secours d'aucun outil, avec un cheveu, et de faire ainsi des colliers très curieux.

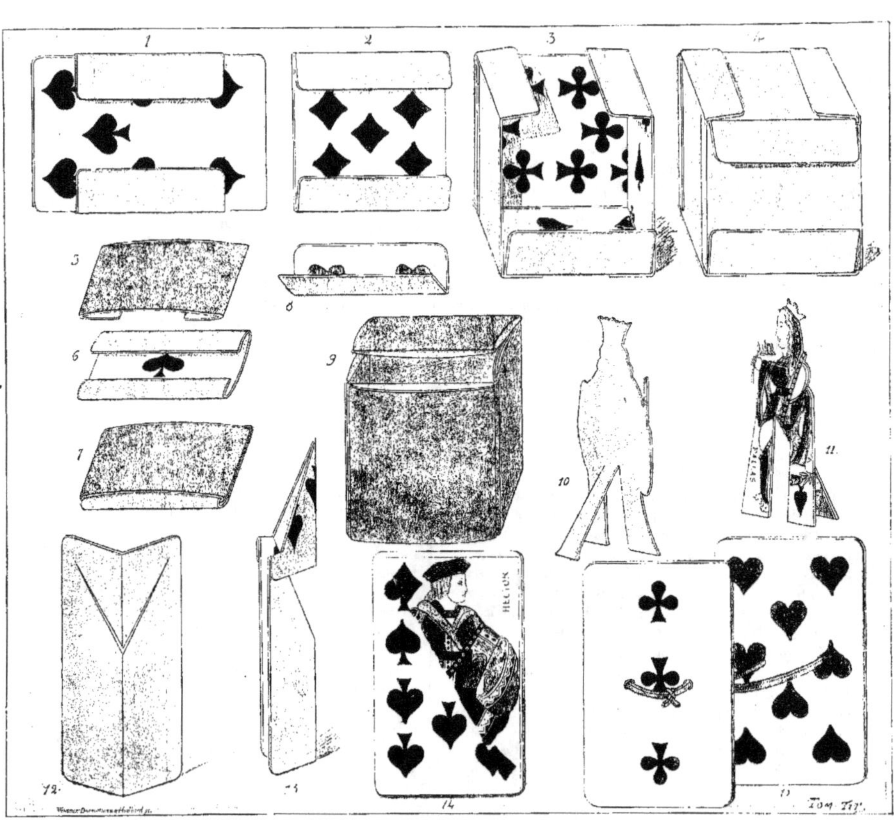

20

LES CARTES A JOUER

Fabrication de cubes. — Boîte avec son couvercle. — La promenade. — Les Capucins.
Tours de cartes : les Cartes changeantes, la Carte envolée.

Posons sur la table une carte, par exemple le neuf de carreau ; mettons en travers le sept de pique, et rabattons sur lui les deux bouts du neuf de carreau qui dépassent (n° 1) ; préparons cinq autres cartes de la même manière (n° 2), relevons à angle droit les bouts pliés et faisons le CUBE représenté en cours de fabrication au n° 3 et terminé au n° 4. Plusieurs cubes semblables nous permettront de jouer à l'amusant JEU DE CONSTRUCTION.

Les n°⁵ 5 et 6 vous montrent deux cartes, une bleue et une rose, repliées comme au n° 2. Le n° 7 indique comment il faut agrafer l'un dans l'autre les bouts repliés. Préparez cinq autres morceaux semblables au n° 7, reliez-les par des demi-cartes pliées à angle droit (n° 8) et enfoncées dans les fentes des bords ; un morceau comme le n° 8 servira de charnière pour relier le couvercle à l'un des côtés, et vous aurez la boîte que vous voyez achevée au n° 9 avec son couvercle entr'ouvert.

LA PROMENADE. — Découpez deux figures, un roi de trèfle par exemple (n° 10) et une dame de pique (n° 11) ; ramenez en arrière la languette du bas, et posez ces cartes en face l'une de l'autre, aux deux bouts d'une table vernie ; en soufflant par derrière, on les fait marcher l'une vers l'autre.

Le jeu de la *promenade* est à la portée des plus petits, ainsi que le très vieux jeu des CAPUCINS. Pliez en deux une carte et entaillez-la avec les ciseaux (n° 12) ; le n° 13 montre le capucin terminé. Fabriquez-en le plus possible, posez-les sur la table les uns derrière les autres ; Bébé touchera le dernier de son petit doigt rose, et... vous savez ce qui arrivera.

Voulez-vous faire des tours de cartes ? En voici deux que vous pourrez préparer et exécuter vous-mêmes. D'abord, les CARTES CHANGEANTES. Trempez dans l'eau une figure, le valet de carreau si vous voulez ; au bout de quelque temps, vous pourrez décoller la feuille du dessus, portant l'image ; coupez-la en deux, en diagonale, et collez une des moitiés sur une carte noire, un dix de pique, par exemple (n° 14). Préparez quatre ou cinq cartes semblables, placez-les en éventail dans votre main, comme pour jouer à l'écarté, de façon à montrer au public toutes les figures ; la demi-carte noire sera cachée par une carte ordinaire à figure, par exemple le roi de cœur. Repliez maintenant le jeu, donnez à une personne de la société le roi de cœur, et priez-la de vous donner le dix de pique ; posez cette carte sur les autres, retournez vos cartes bout pour bout, déployez le jeu en éventail et montrez aux spectateurs que toutes les figures sont parties et ont été remplacées par des dix, des neuf, des huit, etc.

Le jeu de la CARTE ENVOLÉE vous fera passer pour d'habiles escamoteurs. Cachez, au milieu d'un jeu, deux cartes reliées par un fil élastique, comme le caoutchouc qui sert pour les élastiques de bottines. Faites tirer une carte par un amateur qui la montrera au public, puis vous la remettra. Placez-la entre les deux cartes préparées, et enfoncez-la de façon à tendre les brins du caoutchouc, le bas de la carte s'appuyant sur ces deux brins. Serrez le jeu entre vos doigts pour que rien ne bouge. Au commandement de : « *Partez, la carte!* » vous desserrez les doigts, et la carte, chassée par le caoutchouc, saute hors du jeu, au grand étonnement de l'assistance.

FABRICATION D'UNE POMME

Rien de plus facile, n'est-ce pas, que de rouler entre vos doigts une boulette de mie de pain? Au lieu de la faire tout à fait ronde, aplatissez légèrement le dessus et le dessous, puis, à l'aide d'un bout d'allumette arrondi et mouillé, faites deux petits renfoncements au milieu des parties que vous venez d'aplatir; enfin, piquez dans l'un de ces creux un petit brin de bois, ou un bout de branche d'arbre très mince; vous avez fait ainsi une *pomme* avec sa queue; laissez-la durcir pendant quelques jours à l'abri de la poussière, puis ce sera le moment de la colorier. Vous pourrez d'abord lui donner une teinte jaune uniforme, et, quand le jaune sera sec, vous appliquerez sur l'un des côtés une belle tache rouge; enfin vous peindrez la queue en brun foncé, ainsi que le fond du petit renfoncement que nous avons fait de l'autre côté. Voilà notre fruit terminé, tel que vous le voyez au bas de la page ci-contre; nous pourrons fabriquer ainsi un grand nombre de pommes, en variant leur grosseur et leurs couleurs. Pour leur donner du brillant, vous aurez soin, après les avoir peintes, et lorsque la couleur sera sèche, de passer par-dessus une très légère couche de gomme arabique, qui jouera le rôle de vernis. — Les autres fruits tels que prune, pêche, abricot, melon, potiron, se feront d'une façon tout aussi simple.

LES BILLES

Des boulettes de pain bien pétries et parfaitement rondes nous fourniront des *billes;* lorsque la boulette sera dure, nous la polirons avec du papier de verre, pour enlever toutes les rugosités qui l'empêcheraient de bien rouler. Ce n'est que lorsque vous aurez constaté que votre bille roule parfaitement que vous y mettrez la couleur. Notre dessin vous montre comment vous pourrez peindre vos billes, soit d'une couleur uniforme, soit avec une bande de couleur différente, soit de plusieurs couleurs, en y traçant à l'encre des divisions; dans ce cas, la bille ressemblera aux balles en peau que vous connaissez tous. (Voir les modèles à la page 24.)

ORANGE

Une boulette, plus grosse que celle qui nous a servi pour la pomme, vous donnera une *orange;* les rugosités de la mie de pain devront être conservées, car la peau de l'orange n'est pas lisse. Regardez une orange véritable pour imiter la forme un peu aplatie dessus et dessous, comme la terre est aplatie aux deux pôles. La couleur de l'orange s'obtient, vous le savez, en mélangeant ensemble du jaune et du rouge (gomme-gutte et vermillon). Il arrive souvent que, malgré toutes les précautions prises, les objets se fendillent en séchant; dans ce cas, avant de les colorier, on bouche les fentes avec un peu de blanc d'argent très épais.

FROMAGE DE HOLLANDE

Une boule plus grosse que les précédentes, parfaitement pétrie et roulée sur la planchette dont j'ai parlé à propos de l'installation de notre fabrique, nous donnera un *fromage de Hollande.* Avant que la boule durcisse, mouillons la lame de notre couteau et détachons, au moyen de deux entailles, une tranche qui durcira en même temps que le fromage. Nous peindrons ensuite en jaune l'intérieur de la coupure que nous avons ainsi faite, et en rouge la croûte du fromage.

POIRE

Pour imiter la forme de la *poire,* vous collez l'une sur l'autre deux boulettes de pain, une grosse et une petite, et vous les pétrissez bien pour qu'elles se raccordent ensemble. Pour les queues, ne craignez pas de les choisir très longues et de leur faire traverser toute la longueur de la poire; cela lui donne de la solidité.

LES ŒUFS

En roulant entre vos doigts une boulette de pain de façon à l'allonger et à l'amincir plus d'un côté que de l'autre, vous ferez très vite un *œuf;* préparez des boulettes de même grosseur, pour que vos œufs soient tous pareils; une fois durcis, vous les enduirez d'une forte couche de blanc d'argent.

LE CITRON

Une boulette allongée se terminant par deux pointes arrondies, voilà votre *citron.* Vous pouvez le couper en deux, tracer le dessin imitant la coupe des quartiers, et le peindre en jaune sur fond blanc. L'écorce se peint avec la gomme-gutte.

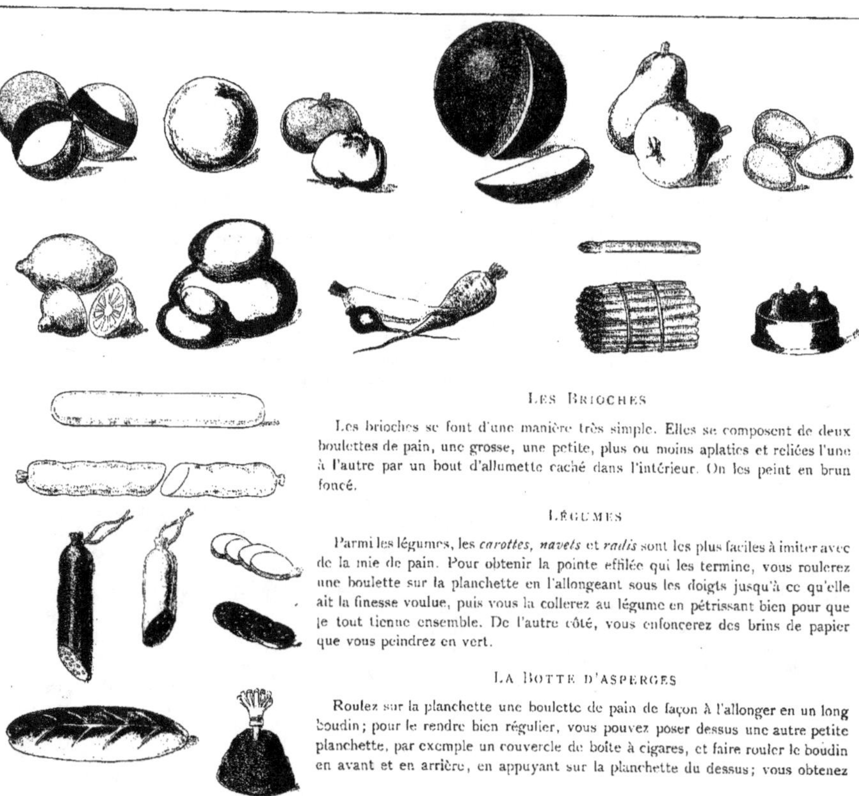

LES BRIOCHES

Les brioches se font d'une manière très simple. Elles se composent de deux boulettes de pain, une grosse, une petite, plus ou moins aplaties et reliées l'une à l'autre par un bout d'allumette caché dans l'intérieur. On les peint en brun foncé.

LÉGUMES

Parmi les légumes, les *carottes, navets* et *radis* sont les plus faciles à imiter avec de la mie de pain. Pour obtenir la pointe effilée qui les termine, vous roulerez une boulette sur la planchette en l'allongeant sous les doigts jusqu'à ce qu'elle ait la finesse voulue, puis vous la collerez au légume en pétrissant bien pour que le tout tienne ensemble. De l'autre côté, vous enfoncerez des brins de papier que vous peindrez en vert.

LA BOTTE D'ASPERGES

Roulez sur la planchette une boulette de pain de façon à l'allonger en un long boudin; pour le rendre bien régulier, vous pouvez poser dessus une autre petite planchette, par exemple un couvercle de boîte à cigares, et faire rouler le boudin en avant et en arrière, en appuyant sur la planchette du dessus; vous obtenez

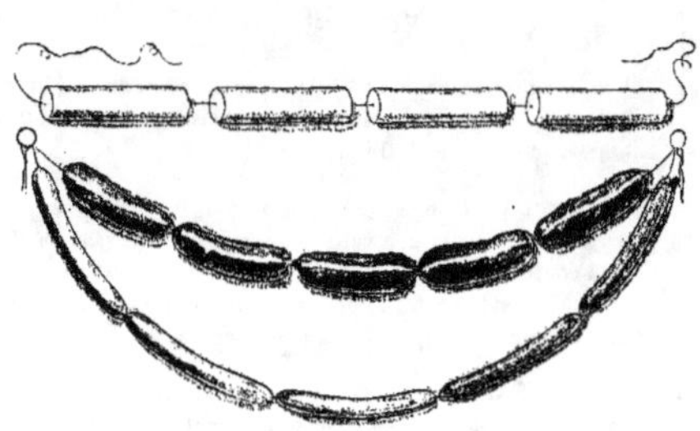

ainsi un long cylindre de la grosseur d'une forte aiguille à tricoter. Coupez en biais votre cylindre, de distance en distance, avec le couteau mouillé (ce qui l'empêche de coller à la mie), de façon à obtenir des *asperges* de la longueur de celle indiquée sur le modèle; avec les doigts légèrement mouillés, façonnez une pointe à chaque asperge, et, avant qu'elles durcissent, réunissez-les en botte, et liez-les par deux ficelles. Laissez aux asperges la couleur de la mie de pain, sauf pour les pointes, qui seront peintes en violet, et peignez en brun les ficelles pour imiter les liens d'osier.

Nous passons maintenant à la charcuterie, et nous allons commencer par fabriquer du saucisson, si vous le voulez bien.

SAUCISSON

Faites un gros cylindre de mie de pain en le roulant entre les deux planchettes, jusqu'à ce que vous obteniez un morceau de la grosseur du modèle (page 24). Pour les bouts, vous les arrondirez avec les doigts mouillés. Enfoncez dans

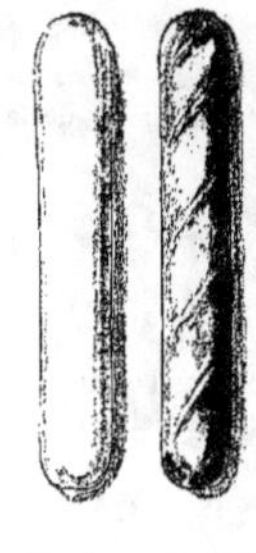

ces deux bouts deux morceaux d'allumettes qui dépasseront légèrement et permettront d'attacher la ficelle servant à suspendre le saucisson. Il s'agit maintenant de faire les petits renflements destinés à imiter le saucisson véritable, car le nôtre a jusqu'ici la forme d'un rouleau de bois. Pour faire ces renflements, indiqués sur notre modèle, on roule le saucisson sur la planchette en appuyant sur lui le dos du couteau; on répète cette opération de distance en distance, ce qui trace des rainures qui lui donnent sa forme exacte. Coupez en biais le saucisson, avant de le laisser durcir. Employez toujours le couteau mouillé, surtout pour les fines tranches. Lorsque le saucisson coupé et les tranches seront durs, vous peindrez l'un des morceaux du saucisson en brun foncé; l'autre, enduit de colle, sera entouré de papier d'étain (papier à chocolat) et donnera le saucisson de Lyon. L'intérieur du saucisson et les tranches seront peints en rouge ou mieux avec la laque carminée foncée; quand ce sera sec, vous imiterez les petits lardons avec un bout d'allumette taillé en carré et trempé dans le blanc d'argent. Vous pouvez faire plusieurs saucissons de ce genre, de grosseurs et de longueurs différentes; suspendez-les à votre boutique par une ficelle; les clients ne se feront pas attendre.

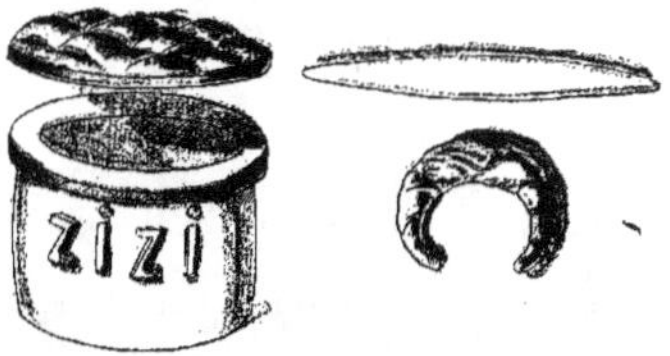

Le jambon se pétrit sur la planchette, autour d'une allumette servant de manche, mais cachée dans l'intérieur de la pâte et permettant de le suspendre.

Le Jambonneau

Le jambonneau se pétrit aussi sur la planchette, puis on y enfonce un manche (une allumette arrondie); que l'on entoure d'une papillote en papier blanc ou de couleur, attachée par du fil. L'intérieur du jambon et du jambonneau sera peint en rose tendre (laque carminée très pâle); quand le rose est sec, les veines de graisse se peignent par-dessus, avec le blanc d'argent. L'extérieur du jambon est brun foncé.

Pour le jambonneau, on enduit tout le tour de colle liquide, puis on le roule dans de la poudre de liège obtenue en râpant un bouchon; voilà notre jambonneau garni de chapelure; vous verrez, lorsque tout est bien sec, comme c'est appétissant!

Saucisses et Boudins

Les saucisses et les boudins que nous avons suspendus à notre boutique de comestibles se font comme le saucisson; les boudins sont gros et courts, les saucisses minces et longues; avant d'arrondir les bouts, vous enfilez les petits cylindres de mie de pain sur un fil qui sert à les relier les uns aux autres et à les suspendre (voir les modèles à la page 25), puis après les avoir rapprochés les uns des autres, vous donnez à chaque boudin ou à chaque saucisse une forme légèrement courbée. Ne les suspendez que lorsqu'ils seront durcis, afin qu'ils conservent bien cette forme.

Les boudins sont peints en brun foncé (bleu et rouge), les saucisses en brun plus pâle.

Voici maintenant la boulangerie, avec ses pains de cinq livres grands comme votre petit doigt, et ses croissants qui semblent faits pour le royaume de Lilliput.

Le GROS PAIN de ménage se fait au moyen de mie de pain pétrie sur la planchette, aplatie et amincie aux deux bouts. Le dos du couteau mouillé, appuyé fortement, y dessinera la fente du milieu; avec le couteau vous figurerez aussi les entailles qui sont des deux côtés de la fente. (Voir page 24.)

Pour le PAIN DE LUXE, vous préparerez un morceau allongé, comme pour le saucisson; vous l'aplatirez légèrement, puis vous marquerez les entailles. (Voir page 25.)

Pour le PAIN ROND, vous ferez d'abord un pain très long avec une fente au milieu, puis, en mouillant les deux bouts, vous les collerez l'un sur l'autre en les pétrissant ensemble; enfin, vous poserez sur la planchette l'anneau ainsi obtenu et lui donnerez une forme bien ronde.

La GALETTE s'obtient en aplatissant sur la planchette une boulette de pain assez grosse; lorsque vous aurez un disque bien rond, un peu aminci sur les bords, vous marquerez, avec le dos du couteau, les entailles qui s'entre-croisent. Le couvercle de la timbale se fait comme la galette; nous verrons plus loin comment on fait la timbale elle-même, ainsi que les tartes.

Enfin, pour le CROISSANT, il faut allonger un boudin de mie de pain en le roulant sur la planchette, et lui donner une forme renflée au milieu et amincie aux deux bouts, comme l'indique le modèle (p. 25). Au-dessous, vous voyez le croissant terminé. Les pains sont coloriés avec de la couleur jaune mélangée de très peu de brun; pour les endroits les plus cuits, on fait des taches brunes avec un mélange de rouge et de noir, ou avec de la terre de Sienne brûlée.

Le PAIN DE SUCRE (page 25) est de la mie de pain pétrie en pointe. On le peint au blanc d'argent et on l'entoure d'un papier bleu.

La BOUTEILLE DE CHAMPAGNE, une fois fabriquée, est peinte en vert foncé (bleu de Prusse et terre de Sienne brûlée). Puis on l'enduit de colle liquide, pour imiter, autant que possible, le brillant du verre. On y colle une étiquette et on la coiffe avec du papier d'étain.

Le CRUCHON DE LIQUEUR se peint en brun; on lui colle une étiquette et l'on met sur le haut un cachet de cire rouge. L'anse est un petit boudin de mie de pain, semblable à ceux qui nous ont servi à faire les asperges; on le roule en anneau autour d'un petit morceau de bois rond et on le colle en le pétrissant contre le cruchon, quand la mie est encore fraîche. On ne retire le morceau de bois que lorsque l'anse est bien fixée.

Le TOTON se fait avec de la mie de pain très frais, et l'on peut le faire tourner sur une assiette sans attendre qu'il soit durci.

Pour le DÉ A JOUER, une fois qu'on a pétri une boulette pour la transformer en un cube, on marque les points avec la pointe d'un crayon mouillé. Quand le dé est sec, on marque ces points avec de l'encre.

Les POIS SECS sont de toutes petites boulettes peintes en vert; nous ferons aussi des HARICOTS SECS blancs et rouges et les mettrons dans de petits sacs de toile grise.

Vous imiterez de même des grains de CAFÉ VERT et de CAFÉ BRULÉ, portant au milieu une fente.

Le POUSSIN se fait avec une boulette ayant la forme d'un gros œuf; pétrissez la queue en aplatissant l'œuf par derrière, puis fixez avec un bout d'allumette une boulette figurant la tête; un petit bout d'allumette pointu sera le bec. Deux bouts d'allumettes figurent les pattes; on les fixe dans le support qui est de la mie de pain pétrie en forme de pastille.

Les DRAGÉES se font comme de petits œufs, puis vous les aplatirez légèrement. Une fois coloriées et sèches, on les garde dans une petite boîte ronde (page 29).

Le POISSON se fait en pétrissant la mie comme pour faire un pain; quand la mie est encore fraîche, on y enfonce des nageoires et une queue découpées dans une carte de visite. Quand le pain a durci, on met de la couleur bleue sur le dos et les nageoires; enfin, on dessine à la plume les yeux, les ouïes, la bouche et les écailles.

Les PIGEONS n'ont pas besoin de support; ils s'appuient sur leurs deux pattes et le bout de leur queue.

Les CHATS se font comme les animaux en bouchon; une fois le corps bien pétri, on fixe une boulette de pain figurant la tête à l'aide d'un bout d'allumette. Les pattes, la queue et les oreilles sont aussi des morceaux d'allumettes.

La POULE QUI COUVE se pétrit entièrement en mie de pain; le dessous du corps est plat; on la met dans un petit panier avec ses œufs autour d'elle.

Il nous reste à parler maintenant de la fabrication des objets de ménage.

Commmençons par les ÉCUELLES. Mettez une boulette de pain aplatie dans le creux de votre main gauche, et, avec le bout du pouce de la main droite, pétrissez-la de façon à l'amincir tout en lui donnant la forme d'une écuelle creuse. Vous découperez ensuite les bords avec des ciseaux, pour les rendre réguliers, et vous aplatirez le fond sur la table, pour que l'écuelle puisse se tenir sans se renverser (page 27). Une écuelle un peu aplatie, et dont les bords seront évasés,

peut être piquée sur une allumette arrondie supportée par un socle en mie de pain. Ce sera un compotier (page 27). Vous placerez une boulette de pain à l'endroit où passe le haut de l'allumette, afin de le consolider. Vous poserez dans le compotier les fruits que vous aurez fabriqués.

Les tartes, la timbale, les pots à fleurs, les terrines, le gobelet, la tasse, la casserole, le seau et le baquet seront faits d'une autre manière, en pétrissant de la mie autour d'objets ronds convenablement choisis et servant de moules; puis on enlève le moule.

La TIMBALE, par exemple, se pétrit autour du bas d'un tout petit flacon; on a soin que la mie ait partout la même épaisseur; on coupe les bords avec le couteau, on ôte la mie qui dépasse, puis on enlève le flacon avec précaution et on laisse durcir. Les lettres se font en petits boudins de mie roulés sur la planchette; on les colle quand la timbale est encore sur son moule, pour ne pas la déformer.

Le PANIER DE LA POULE, le BAQUET, le SEAU, la CASSEROLE et les TERRINES se font sur des moules de grandeur convenable. Le manche de la casserole est découpé dans une carte de visite, et collé quand la casserole est durcie.

Les cercles de fer du baquet et du seau se font avec une bande de papier noir, découpée dans une bordure de papier de deuil. L'anse du seau est une épingle à cheveux recourbée en demi-cercle (page 29).

Le GOBELET se fait autour d'un petit dé à coudre, ainsi que la TASSE A CAFÉ (page 29).

Les POTS A FLEURS se font de même. Quand la pâte est durcie, on fait au fond de chacun d'eux un petit trou rond avec la pointe du canif (page 27).

Le plateau du bougeoir est une écuelle très plate; on y colle une [anse. Posez au milieu une boulette de pain, puis

un morceau de mie figurant le porte-bougie et aminci au bord pour imiter la bobèche. Mouillez le bas d'une allumette-bougie, et faites-lui traverser le porte-bougie, la boulette et le milieu de l'écuelle, puis laissez durcir. Voilà notre bougeoir construit; il ne reste plus qu'à allumer la bougie. Pour le flam-beau, passez l'allumette à travers le porte-bougie et piquez le bas dans un pied en mie de pain. La moitié de l'allumette figurera ainsi le corps du flambeau; l'autre moitié, la bougie.

FABRICATION DES ASSIETTES

Aplatissez sur la planchette une boulette de mie de pain; pétrissez-la bien pour lui donner partout la même épaisseur; vous aurez ainsi une galette plate qui doit être un peu plus grande qu'une pièce de dix centimes; posez dessus, sans appuyer, une pièce de dix centimes et coupez votre mie avec la pointe du couteau, tout autour de la pièce, afin d'ôter tout ce qui dépasse. Enlevez la pièce de dix centimes, et, au milieu du rond de mie de pain, mettez une pièce de cinquante centimes. Appuyez fortement sur cette pièce avec le doigt ou un crayon; vous voyez aussitôt les bords de la pâte se relever et former une gentille assiette creuse. Enlevez avec précaution la pièce d'argent, laissez durcir, puis ornez vos assiettes avec de la couleur, selon votre goût, de même que le compotier, la tasse, le bougeoir, etc.

Les PLATS RONDS et les SOUCOUPES se fabriquent de la même manière; les dimensions seules varient.

LA PAILLE

Les brins de paille nous fourniront d'abord un jeu de JON-CHETS; nous collerons au bout de chaque paille, avec un peu de cire, des objets dessinés sur une carte de visite, coloriés et découpés. L'échelle se compose de deux montants en paille réunis par des bouts d'allumettes. Le crochet est une épingle recourbée. Quant à l'instrument en forme de scie, il est découpé dans du carton et sert à racler le nez du perdant.

Fendez en quatre l'extrémité d'une paille et ouvrez-la en étoile; voilà un instrument pour souffler des BULLES DE SAVON.

CHEVALET. — Modes d'assemblage des pailles.

Repliez trois fois l'extrémité la plus fine d'une paille, et faites passer le bout par une fente pratiquée dans une partie plus large; la paille forme ainsi un 4; enfilez sur ce bout un tube de paille fendu et ouvert en étoile à 6 branches; voilà un MOULIN construit.

Le CHEVALET se compose de deux montants obliques réunis par deux traverses horizontales. La petite traverse du haut passe à travers l'extrémité d'un support articulé sur elle.

Le PLIANT se compose de deux X en brins de paille articulés autour d'une épingle. Deux brins de paille horizontaux, collés aux extrémités d'une bande de papier ou d'étoffe figurent le siège. Dans le bas, deux traverses en paille maintiennent l'écartement des deux X.

Le BANC se fait au moyen de brins de paille et de fil de fer mince ou de fil de sonnerie électrique. Notre dessin montre comment on tord le fil de fer autour des pailles. On égalise la longueur des brins à l'aide des ciseaux, puis on donne la courbure et on colle le banc sur son pied, avec de la cire.

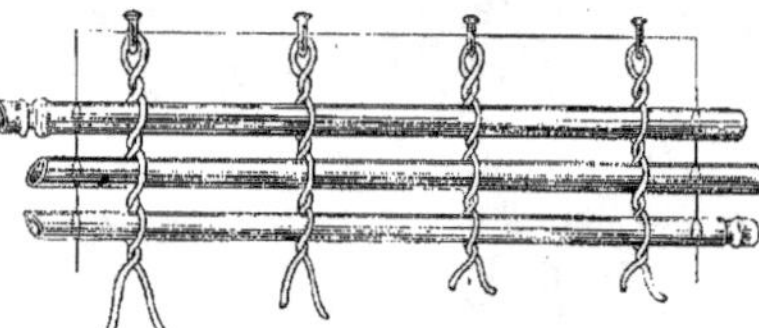

Fabrication du banc.

Découpez, dans une carte de visite, un cercle et un anneau de la grandeur indiquée ci-contre; percez les bords du cercle

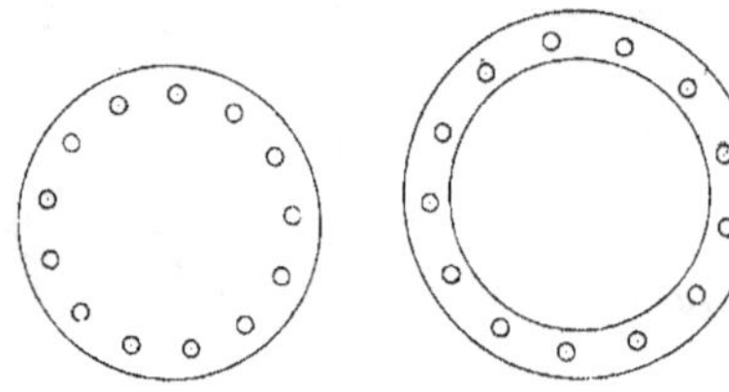

Fond et bord en carton du porte-allumettes.

et l'anneau d'un même nombre de trous. Enfoncez-y les pailles, et entrelacez autour du ruban de faveur. Vous aurez ainsi fabriqué un charmant PORTE-ALLUMETTES.

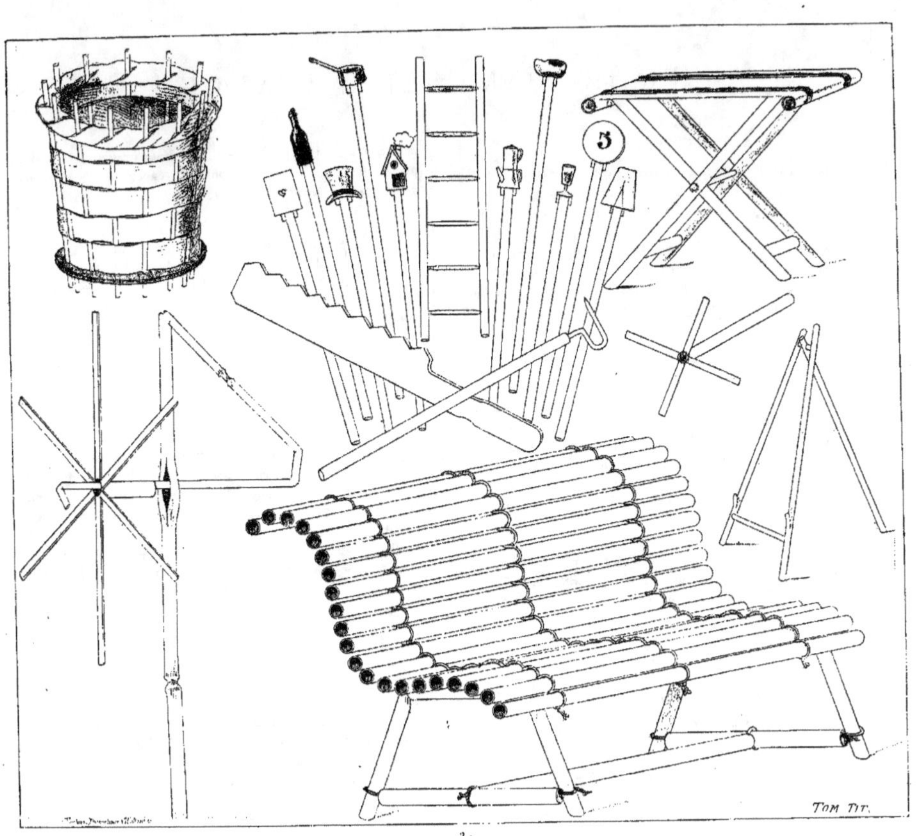

TOM TIT.

POUR S'AMUSER A TABLE

LES RADIS

Pour égayer un repas, il est bon que les convives se fleurissent. Faute de fleurs, un radis peut être transformé, en quatre coups de couteau, en une FLEUR d'un nouveau genre destinée à la boutonnière des messieurs. Quant aux dames, elles épingleront à leur robe la BROCHE EN CORAIL ; c'est un radis allongé sur lequel vous avez tracé un ornement quelconque avec la pointe du canif, puis enlevé la peau de façon que le dessin se détache en rouge sur le fond blanc du radis. L'effet est des plus gracieux.

LE COCHON EN CITRON

Pour opérer la transformation d'un citron en un COCHON bien gras, vous coupez l'une des pointes d'un citron en gardant celle qui a la forme du groin de l'animal ; dans la partie enlevée, vous découperez les oreilles que vous enfoncerez dans deux fentes faites sur les côtés ; quatre bouts d'allumettes seront les pattes, un bout de ficelle tortillée et effilochée au bout sera la queue. Voilà une façon originale de servir un citron.

LE RAT BLANC

Demandez à la bonne de vous apporter un navet de la cuisine. Vous en ferez un superbe RAT BLANC en taillant en pointe arrondie la tête du navet. Coupez un peu le dessous afin de pouvoir le poser à plat sur la table. La queue du navet sera celle du rat ; coupez le petit bout garni de minces fils, et piquez ces fils dans le museau de la bête. Deux têtes d'épingles noires seront les yeux. Vous trouverez les oreilles dans les morceaux enlevés pour découper la tête.

LES PÉPINS DE MELON

Conservez les pépins du melon, faites-les bien sécher, vous pourrez alors les enfiler de façon à fabriquer mille petits objets artistiques : corbeilles, bourses, etc., dont on garnit l'intérieur avec un morceau de soie de couleur voyante, comme le montre notre dessin du PANIER A OUVRAGE.

LE DUEL D'ÉCREVISSES

Piquez, sur une croûte de pain, une pince d'écrevisse ; enfoncez dans deux trous, faits avec la pointe du canif, deux des pattes minces terminées par une pince toute petite ; entre l'une de ces petites pinces introduisez le bout d'une des antennes de l'écrevisse, vous l'y fixerez avec un peu de mie de pain ou de la cire ; placez en face de l'escrimeur ainsi fabriqué une autre figure pareille, et vous avez deux DUELLISTES qui se battent, rouges de colère. Deux brins de persil plantés dans la croûte figurent deux arbres du paysage.

LA TORTUE PLONGEUSE

Arrivés au dessert, outre les oranges auxquelles nous avons consacré une page spéciale, nous pouvons transformer en jouet un raisin de Malaga dans lequel nous piquerons cinq pépins empruntés à un autre raisin et choisis les plus gros possible. Voilà une TORTUE, que nous placerons dans un verre de champagne ou tout simplement d'eau de Seltz ; nous la verrons plonger, puis remonter à la surface plusieurs fois de suite.

FAMILLE DE LAPINS

Enfin, notre dernier dessin vous montre une famille de LAPINS fabriqués avec des amandes vertes. Entaillez un côté de l'amande afin de la poser à plat sur la table ; le morceau enlevé, fendu en deux, vous fournira les oreilles que vous enfoncerez dans une échancrure pratiquée sur le dessus de la tête ; la queue est celle de l'amande ; les yeux et la bouche se découpent avec le canif. Donnez à grignoter à vos lapins des feuilles vertes prises dans le compotier sur lequel on a servi les fruits. Cela les fera tenir tranquilles.

TOM TIT

LES COQUILLES DE NOIX

Les noix que nous voulons transformer en joujoux devront être grosses et de formes bien régulières; nous les ouvrirons doucement avec le couteau afin de ne pas fendre les coquilles.

Lorsque nous voudrons percer ou couper une coquille de noix, c'est toujours le *passe-partout* qui fonctionnera; pour couper la noix suivant une ligne droite, nous y ferons une série de petits trous à côté les uns des autres; une fois la coupure ainsi obtenue par le fer rouge, nous la régulariserons à l'aide du canif, qui n'a plus que très peu de travail à faire; enfin, nous frotterons la coupure sur du papier de verre afin de la polir et d'enlever les traces des brûlures.

BATEAUX.

Le premier jouet que l'on fait avec une coquille de noix, c'est, vous le savez bien, un bateau, que ce soit un simple canot sans mât avec un petit banc ou bien la chaloupe de pêche que vous voyez sur notre dessin. Le banc est un morceau de carte de visite traversé par une allumette figurant le mât et dont le pied est collé au fond de la coquille avec de la cire.

Une épingle, piquée au haut du mât, porte le pavillon en papier de couleur. Les voiles sont en papier et maintenues par des fils; sur les bords de la grande voile sont collées deux allumettes, qui lui donnent de la raideur. Il faut lester votre chaloupe avec des grains de plomb, pour lui donner de l'aplomb et l'empêcher de faire naufrage.

GUÉRITES DE BAINS DE MER.

Percez quatre trous dans le fond d'une coquille de noix, et figurant une fenêtre; collez avec de la cire, à l'intérieur, un siège en carton découpé. Vous aurez ainsi une guérite pour s'abriter du vent quand on est sur la plage. Préparez de même la seconde coquille de noix, et réunissez les deux coquilles par une charnière en papier bien collée. Sur le devant de chaque guérite et en haut, collez avec de la cire une petite carte portant le nom de la locataire; enfin, collez à la cire, derrière chaque carte, le bas d'une épingle servant de hampe à un petit drapeau. Les drapeaux sont en papier colorié des deux côtés, collé sur un fil.

LA MARCHANDE DE POISSON.

Préparez une coquille avec une fenêtre, comme l'une des guérites, et collez contre elle, avec de la cire, un morceau de coquille coupé en travers par le procédé indiqué plus haut. Ce sera la boutique; la table sera un morceau de carte de visite découpé en demi-cercle et collé à la cire sur la partie coupée de la noix; on peint la table en brun, et l'on pose dessus les poissons, découpés dans du papier; enfin, vous placerez dans la boutique une petite personne, découpée dans une carte et représentant la marchande armée de son grand couteau et prête à servir les pratiques. « Vous faut-il une belle sole bien fraîche, ma petite dame? »

Une noix peut nous fournir une excellente boîte pour loger un MÈTRE DE POCHE que l'on enroule et que l'on déroule à volonté.

Tracez à l'encre, sur un ruban de fil, les divisions du mètre, en les comparant avec un mètre véritable. Enroulez ce ruban autour d'un morceau de bois carré, dont le milieu est arrondi au couteau et tourne dans deux trous ronds creusés aux deux bouts d'une noix ; faites avec le couteau une mince ouverture sur le côté pour laisser passer le ruban, dont vous coudrez le bout autour d'un petit morceau de bois servant d'arrêt (page 37).

A côté du mètre de poche que nous venons de fabriquer, nous placerons, dans notre table à ouvrage, une BOITE A DÉ construite de la façon suivante :

Percez deux trous vers les bouts d'une coquille ; passez dans chacun un ruban de faveur retenu à l'intérieur par un nœud ; garnissez l'intérieur d'un petit morceau de soie chiffonné et collé à la cire. Préparez de même l'autre coquille de la noix, et réunissez les rubans deux à deux par des rosettes, dont l'une servira de charnière (page 37).

Voilà un écrin pour serrer votre petit dé d'argent, et qui vous empêchera de le perdre.

Le CHARIOT D'ENFANT (page 37) est une coquille de noix sur laquelle on a collé une demi-coquille figurant la capote, comme pour la fabrication de la petite boutique. On perce un trou de chaque côté de la coquille, vers le bas, et on y passe une allumette dont les bouts arrondis traversent

deux rondelles de bouchon n° 8, qui représenteront les deux roues du chariot.

Un tout petit rond de carton, collé à la cire sur l'allumette en dedans et en dehors de chaque roue, empêche les roues de s'échapper ou de frotter contre le chariot.

Le timon est un fil de fer tordu et formant une boucle dans laquelle on passe une allumette servant à tirer la voiture. Voilà comment est fait le petit chariot dans lequel vous avez vu, sur la couverture de cet album, se promener l'ami Tom Tit.

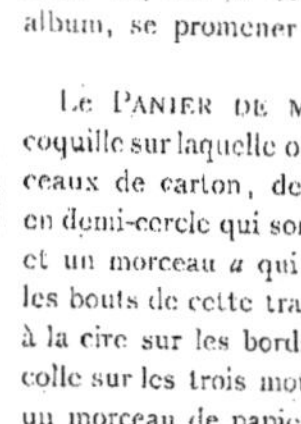

Dessus du panier.

Le PANIER DE MARCHÉ est une coquille sur laquelle on pose trois morceaux de carton, deux morceaux *bb* en demi-cercle qui sont les couvercles, et un morceau *a* qui est la traverse; les bouts de cette traverse sont collés à la cire sur les bords de la noix. On colle sur les trois morceaux de carton un morceau de papier de couleur qui sert de charnière aux couvercles, et on colle avec de la cire, sur les deux parties ombrées, les deux bouts de l'anse, qui est en carton recourbé. Voilà notre panier construit.

Le TOTON se fait instantanément en enfonçant un bout d'allumette pointu entre les deux coquilles dans le bout aplati d'une noix pleine; choisissez une noix très régulière avec une pointe bien effilée. On fait tourner le toton sur une assiette.

Les MASQUES JAPONAIS, Jean qui pleure et Jean qui rit, peuvent se faire sur les deux côtés d'une même noix. On trace les figures à l'encre, on perce les yeux et la bouche au passe-partout. Dans le haut, on enfonce une houppette de fil figurant les cheveux. Les lèvres seront peintes en rouge.

La carapace de la TORTUE est une coquille de noix sur laquelle on a tracé les écailles avec le passe-partout; on dessine, sur un morceau de carte de visite, le corps de la tortue avec un trou rond au milieu d'après le modèle ci-contre, et l'on colle, sur la partie ombrée du dessin, la coquille dans laquelle on a mis une bille. La bille roule sur un plan incliné, entraînant la tortue avec elle dans son mouvement.

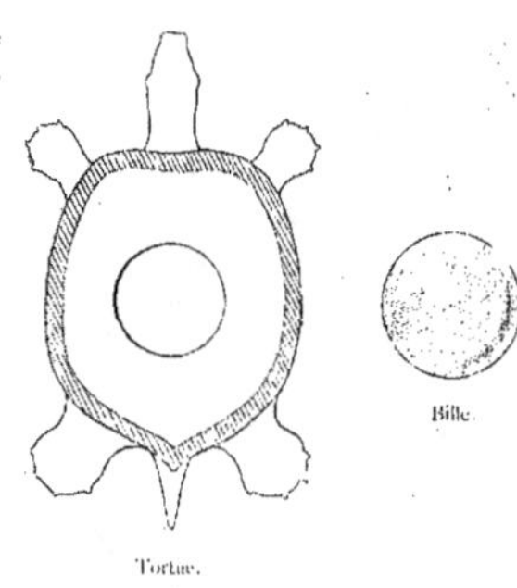

Tortue.

Bille.

L'AXE DU MOULIN est fait avec un morceau de bois rond (un vieux manche de porte-plume, par exemple) taillé comme l'indique notre dessin. Sur le bout qui est carré on place les ailes en carton découpé; sur le milieu aminci, on enroule la ficelle. L'axe tourne dans deux trous ronds creusés sur les bords des coquilles d'une noix. Un trou à la partie inférieure sert au passage de la ficelle. Le bout de la ficelle traverse un trou de l'axe et est retenu par un nœud; à l'autre bout est attaché un morceau de bois servant d'arrêt. Percez les trous dans la noix même, bien à cheval sur chaque coquille, avant d'ouvrir la noix et de la vider.

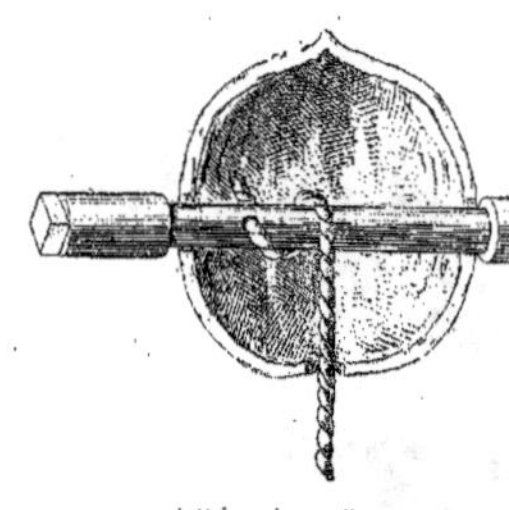

Intérieur du moulin.

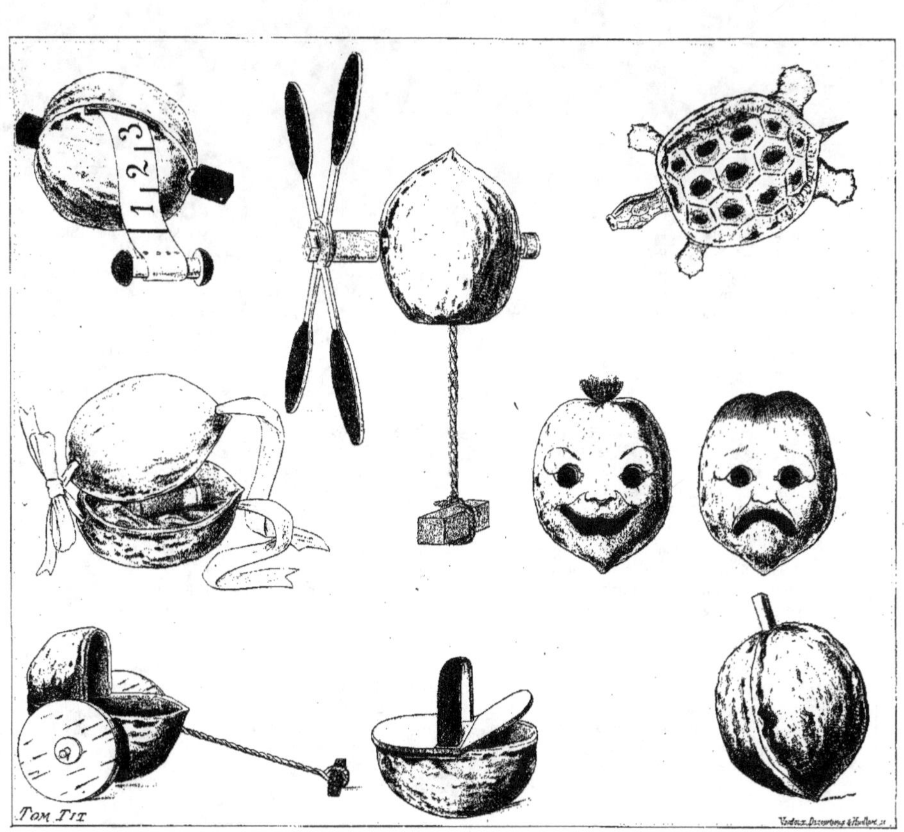

1 2 3
TOM TIT

LES GLANDS

Le bol.

La tasse.

Prenons la cupule d'un gland; c'est, vous le savez, la partie rugueuse qui lui sert de base. Enlevons la partie bombée, de façon qu'il nous reste un anneau. Sur cet anneau, posons une autre cupule que nous y collerons avec de la cire. Voilà un petit BOL monté sur son pied. Une grosse cupule taillée en anneau, et un peu amincie à l'intérieur, nous fournira une BAGUE; deux anneaux fendus feront deux BOUCLES D'OREILLES, qui tiendront par leur élasticité; suspendez à chaque boucle d'oreille un gland enfilé sur un brin de fil; vous aurez ainsi aux oreilles deux pendants en PERLES FINES.

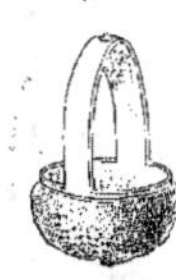

Bague.　　Boucle d'oreille.

Les anneaux fendus, entrés les uns dans les autres, vous fourniront une CHAINE DE MONTRE. Vous pouvez aussi enfiler plusieurs glands les uns au bout des autres; une aiguille les traverse facilement quand ils sont frais; voilà un collier auquel vous fixerez, au moyen d'une épingle, une BROCHE composée de cinq glands réunis, à l'aide d'épingles, autour d'un sixième gland plus petit placé au milieu. La TASSE se fait avec l'écorce même du gland, que l'on découpe avec des ciseaux. On découpe un anneau formant le pied comme pour le

Corbeille.

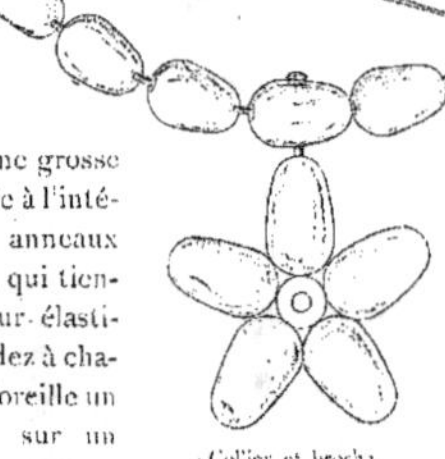

Collier et broche.

bol; un petit morceau de papier collé sur le côté forme l'anse. Le gland adhérent à sa cupule peut être taillé en forme de CORBEILLE. En fendant le haut de l'anse, on peut faire ainsi un autre genre de boucles d'oreilles.

C'est lorsque les glands sont frais qu'ils sont le plus faciles à travailler; malheureusement les objets qu'ils fournissent alors se déforment rapidement.

Aussi, pour la fabrication des personnages que je vais indiquer, je préfère employer des glands bien secs (ils sont bruns au lieu d'être verts). J'enlève l'amande et je la remplace par de la mie de pain pétrie, bourrée dans l'intérieur de l'écorce, et durcie en séchant.

Dans un dessin en couleurs que j'ai publié dans le grand journal *l'Illustration* (n° du 25 janvier 1890) et où vous trouverez beaucoup de joujoux que l'on peut faire soi-même, vous verrez la manière de construire un SERPENT avec des glands.

Dans le même journal (n° du 1ᵉʳ février 1890) vous trouverez des modèles d'objets fabriqués avec des coquilles d'œufs.

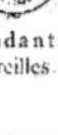

Pendants d'oreilles.

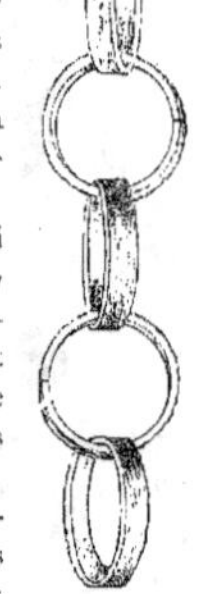

Chaîne.

PERSONNAGES EN GLANDS DE CHÊNE

Regardez maintenant les personnages représentés en grandeur naturelle sur notre dessin. Le corps du grand-papa est un bouchon; les membres sont des branches d'arbre fixées par des épingles. La tête est un gland dont on a coupé le bout pour diminuer sa longueur. Après avoir bourré de mie de pain la tête, nous remettrons la cupule, qui sert de bonnet, et nous traversons le tout par une épingle reliant la tête au corps; les cheveux sont peints en blanc ou faits avec un peu d'ouate collée. On dessine la figure à l'encre, on fait une entaille pour la bouche, et l'on colle un petit morceau de bois taillé en forme de nez.

Le faux col est en papier, la pipe est un de ces petits glands manqués qui viennent à côté des glands ordinaires; on la creuse un peu avec le canif.

Les sabots sont découpés dans deux glands, et le bout des jambes est enfoncé dans la mie de pain qui les remplit.

Les sabots de la fillette sont à brides, sa coiffure est taillée, avec les ciseaux, dans une écorce de gland. Au-dessous, on colle les cheveux en fil noir.

Enfilez sur un fil de fer un gland avec sa cupule, puis un gland plus gros au bout duquel vous collerez avec de la cire une cupule retournée dont le fond a été enlevé; piquez dans le gland du milieu quatre petits morceaux de branches figurant les membres, tracez à l'encre une figure sur le gland supérieur, et vous aurez construit le petit enfant qui vient boire son bol de lait, après une promenade dans les bois.

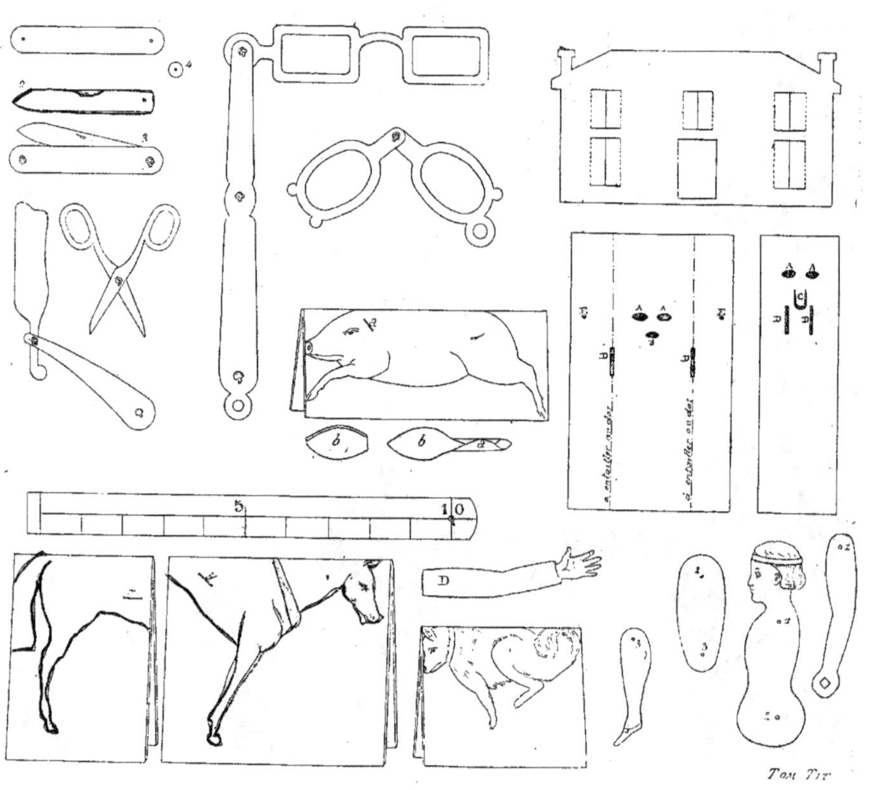

LES CARTES DE VISITE

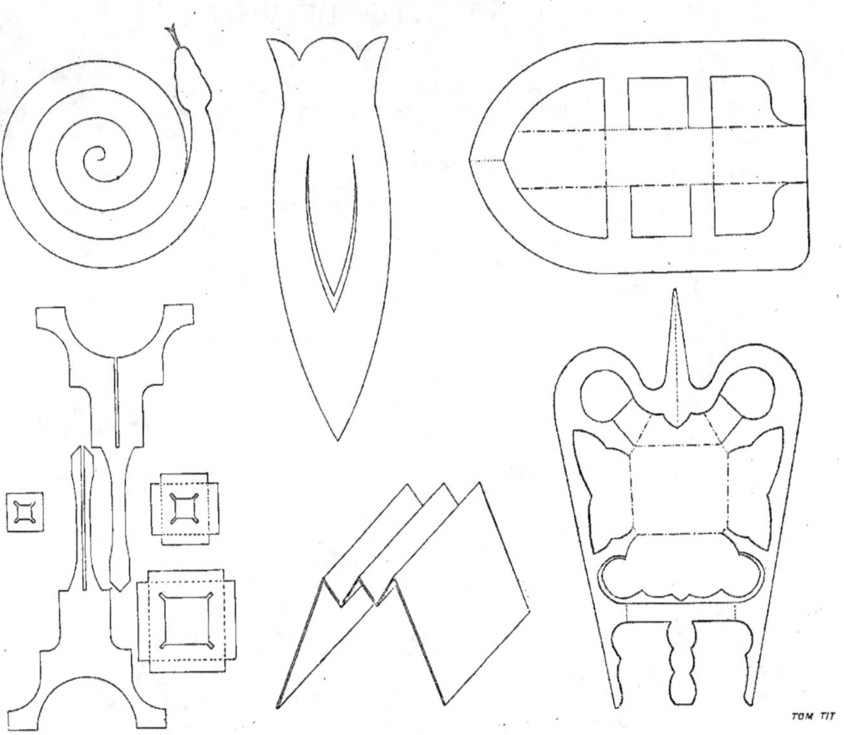

LES CARTES DE VISITE

COUTEAU. — Dessinez et découpez les deux côtés du manche (page 40, modèle n° 1); traversez avec une épingle les points marqués par un petit rond. Tracez et découpez la lame (n° 2). Faites passer une ficelle fine par les trous correspondants de la lame et des deux côtés du manche; faites avec la ficelle, de chaque côté, un nœud très serré contre le manche; et coupez les bouts de la ficelle qui dépassent. Vous aurez ainsi le COUTEAU PLIANT (n° 3). Du côté de la pointe, vous placerez entre les deux manches une rondelle (n° 4) sur laquelle la lame viendra s'arrêter.

CISEAUX. — Posez, sur une carte assez grande, de vrais ciseaux; suivez, avec un crayon, les contours d'une des lames et de l'anneau qui y correspond; placez les ciseaux plus loin et tracez de même les contours de l'autre lame et de son anneau; tracez les deux petits traits qui manquent au milieu, découpez et assemblez vos deux lames avec la ficelle, en les serrant entre deux nœuds (page 40).

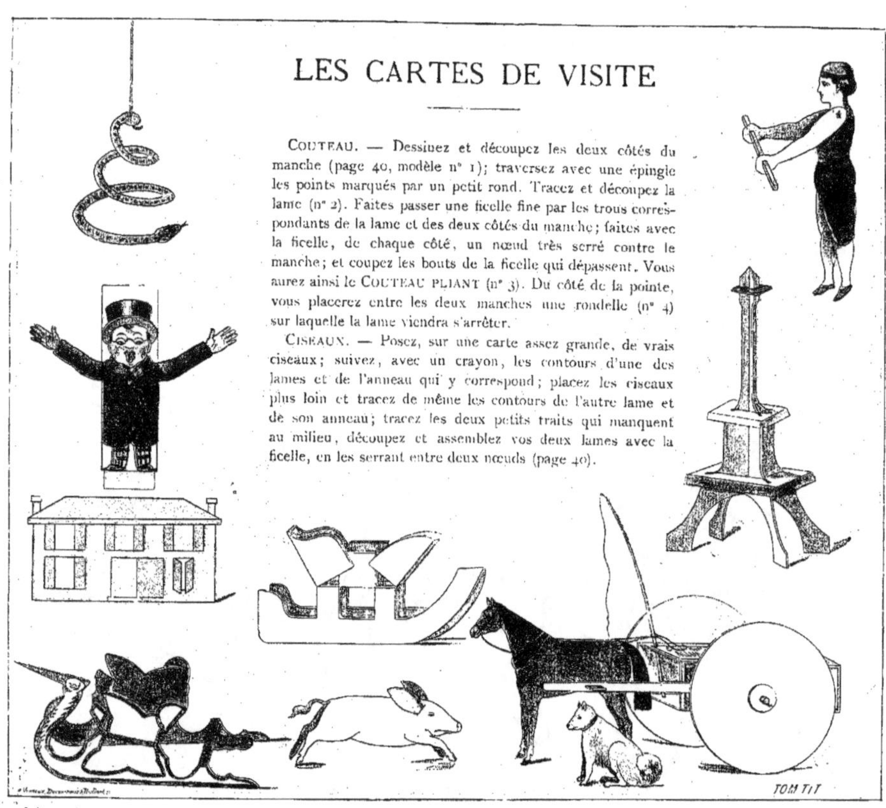

TOM TIT

Le Rasoir se fabrique comme le couteau. Vous fabriquerez de même un Binocle, ou une face à main. Les dix morceaux du Mètre pliant se tracent sur du carton fort ; vous les réunirez deux à deux avec un nœud de fil fort de chaque côté. Tracez, puis découpez les contours de la Maison ; coupez, avec le canif, les fenêtres et la porte suivant les lignes noires ; entaillez légèrement les lignes pointillées (page 40) ; vous avez ainsi une porte et des volets qui s'ouvrent et se ferment (page 42).

Posez sur la table une carte de visite, en mettant dessus le côté imprimé, qui pour nous sera l'envers ; entaillez cette carte suivant les lignes pointillées, mais du côté non imprimé, remettez la carte à l'envers, découpez les ouvertures AA et B, ainsi que les ouvertures DD (page 40). Marquez à l'encre deux points ronds bien noirs EE. D'autre part, découpez dans une autre carte une bande qui puisse entrer juste entre les plis de la première carte ; entaillez au canif les ouvertures AA, la languette C et les deux ouvertures DD. Enfin, tracez sur la carte et découpez deux bras D, pareils au modèle. Posez cette bande sur la carte précédente, entre les deux lignes entaillées, en faisant passer la languette C par le trou B. Introduisez l'un des bras sous la première carte, faites-le passer d'arrière en avant par l'ouverture D de cette carte, puis d'arrière en avant par l'ouverture D de la bande. Faites de même de l'autre côté pour l'autre bras, et repliez ensuite la carte suivant les lignes entaillées.

Retournez maintenant votre carte à l'endroit. Dessinez la figure et le corps du personnage suivant le modèle, avec une langue bien rouge (page 42) ; en tirant la bande, vous voyez le Monsieur fermer les yeux, lever les bras et tirer la langue ; faites remonter la bande ; il rouvre les yeux, rentre la langue et baisse les bras.

Tracez, découpez et coloriez le corps de l'Acrobate, ses deux bras, ses deux cuisses et ses deux jambes. Avec une aiguille et du gros fil, traversez les trous 1 du bras, de l'épaule et de l'autre bras, et maintenez le tout par plusieurs nœuds serrés de chaque côté. Reliez ainsi les trous 3 de chaque jambe et de la cuisse correspondante, puis les trous 2 des cuisses avec le trou 2 du corps (page 40). Découpez, dans chaque main, une ouverture carrée par laquelle vous faites passer une allumette, en écartant les mains l'une de l'autre ; faites tourner entre vos doigts le bout de l'allumette ; le gymnaste fera, sur sa barre horizontale, les plus jolis exercices.

Plions en deux une carte, et dessinons sur l'un des côtés un animal, un Cochon, par exemple ; découpons les deux épaisseurs de la carte suivant les contours, dessinons le second côté du corps et passons la lame du canif à la place a (page 40). Découpons une oreille b dans du papier plié en deux ; ouvrons le papier, nous avons deux oreilles a et b. Plions a pour le passer par l'ouverture a, puis remettons l'oreille à plat. On peut rabaisser les oreilles sur les yeux. On colle dans le pli un bout de ficelle, représentant la queue.

Le Chien assis se trace et se découpe de même.

Le Cheval est en deux pièces. On les réunit en passant une petite bande de carton à travers les fentes X et Y (page 40). Cette bande traverse aussi les brancards collés à une boîte d'allumettes représentant la voiture, et dont les roues sont découpées dans une carte de visite (page 42).

Vous connaissez tous le Serpent découpé en spirale dans une carte et qui, suspendu par la queue au-dessus de la lampe, tourne sous l'action du courant d'air chaud.

Le Marquoir, en carte découpée, sert à marquer la page où s'arrête notre lecture ; une carte repliée et formant deux gouttières en forme de double W, vous servira de Support pour votre crayon et votre porte-plume, qui ne viendront plus rouler sur la table et tacher votre page d'écriture.

A la page 41 vous trouverez le tracé du Traîneau ordinaire ; entaillez-le sur le dessus suivant les lignes en points, et *au dos* suivant les lignes en traits et points, et repliez-le selon le modèle ci-contre. — Le traîneau Louis XV s'entaille et se plie suivant les mêmes indications.

Enfin, la Tour Eiffel se compose de deux pièces formant la tour et qu'on accroche à angle droit l'une dans l'autre, grâce à leurs rainures ; on enfile ensuite les trois carrés figurant les plates-formes, en commençant par le plus grand.

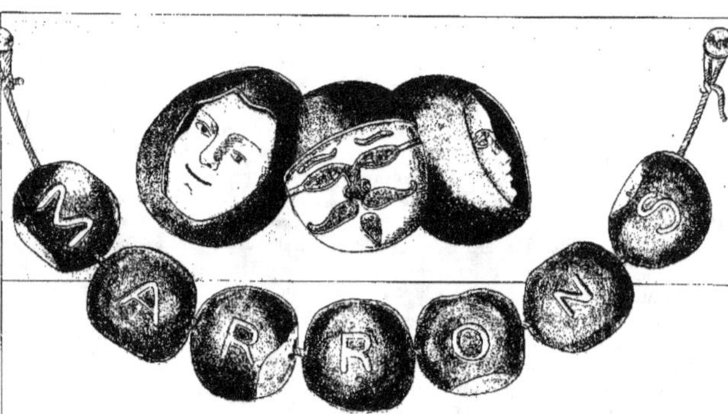

COLLIERS, BRACELETS ET GUIDES.

Les jolis marrons d'Inde, à l'écorce d'acajou verni, vont aussi servir à nos jeux. On les récoltera lorsqu'ils viendront joncher les allées du jardin, au milieu des vacances. Nous les enfilerons sur une ficelle, afin de former des COLLIERS, des BRACELETS ou de longues GUIDES pour jouer à la diligence. Quand nous aurons bien couru, nous nous reposerons sous le grand marronnier, et là nous choisirons les plus beaux marrons pour les transformer en petits objets de fantaisie.

BONBONNIÈRE.

Enlevons le dessus d'un marron d'Inde, de forme bien régulière, en l'entaillant avec un couteau coupant bien; enlevons par petits morceaux tout le fruit de l'intérieur de l'écorce, puis relions les deux morceaux d'écorce au moyen d'une charnière en papier ou en étoffe; nous aurons ainsi une petite BONBONNIÈRE avec son couvercle.

PANIER.

Nous pouvons entailler un marron de chaque côté, par deux entailles à angle droit, de façon à avoir un PANIER ouvert avec son anse; ici encore nous devons retirer le fruit par petites portions, pour ne pas déchirer les bords de l'écorce; nous mettrons dans ce panier quelques fleurettes ou des fraises ramassées dans le bois.

TOM TIT

CHARIOT.

Si l'on n'entaille le marron que d'un seul côté et qu'on vide l'intérieur, on obtient un berceau d'enfant, qui peut se transformer en CHARIOT en piquant de chaque côté, à l'aide d'épingles, deux rondelles découpées dans la chair même d'un autre marron, et servant de roues.

CORBEILLE.

Au lieu d'un panier ordinaire, nous pouvons faire une COR-BEILLE découpée à jour; dans ce cas, il faut que toutes les ouvertures soient découpées dans l'écorce avant que l'on enlève l'amande, afin que l'écorce soit soutenue par dessous. Les trous ronds se font au passe-partout, les trous carrés avec la pointe du canif. Les dessins qui doivent être découpés à jour sont tracés d'avance sur le marron avec une plume et de l'encre. Une fois l'écorce découpée puis vidée de son amande, on peut garnir l'intérieur avec un petit morceau de soie de couleur. L'effet est des plus gracieux.

DÉVIDOIR.

Nous pourrons aussi nous exercer à découper un marron suivant le modèle de notre dessin, au moyen d'entailles en ligne droite. Ces entailles sont tracées d'avance à la plume. La figure obtenue servira à maman de DÉVIDOIR pour son fil.

CHAMPIGNONS.

Si vous voulez rire un peu, vous découperez quelques marrons en forme de CHAMPIGNONS, suivant le modèle de notre dessin. On laisse l'écorce du marron d'Inde sur le dessus, et on la gratte de place en place avec la pointe du canif, afin d'obtenir les petites taches carrées se détachant en clair sur le fond brun plus sombre, comme cela a lieu pour certaines espèces de champignons. Posez vos champignons debout dans l'herbe, et vous jouirez de la surprise des personnes qui les trouveront et ne s'apercevront de la plaisanterie que lorsqu'elles se baisseront pour les cueillir.

GRAVURE EN CREUX.

Vous pourrez, dans l'écorce des marrons, découper en creux des LETTRES, jusqu'à ce que vous arriviez à l'amande; ces lettres se dessineront alors en blanc sur un fond brun.

TÊTES SCULPTÉES.

Enfin, vous savez que bien des personnes savent découper dans des marrons des FIGURES qui, vues par une échancrure de l'écorce, semblent une tête emprisonnée dans un capuchon. Je connais de véritables artistes dans ce genre; sans être artistes, nous essayerons tout de même notre talent; une fois que nous aurons enlevé l'écorce suivant un ovale, de façon à voir la chair blanche du marron, nous y creuserons deux cavités dans lesquelles nous piquerons deux têtes de clous figurant les yeux; nous taillerons le marron autour du nez de façon que ce nez vienne en relief au milieu de la figure, puis nous collerons deux sourcils, deux moustaches et une longue barbe en coton bien peigné; nous aurons ainsi la tête d'un vieil ermite ou du bonhomme Noël. Notre dessin vous montre enfin que l'on peut découper une figure en réservant une partie de l'écorce pour les yeux, le nez et la barbe, l'écorce du marron servant aussi pour faire un bonnet grec. Ce genre de découpage de l'écorce sera plus facile que le travail de sculpture proprement dite. Vous ferez donc bien de commencer par lui.

INTÉRIEUR DU MARRON.

Quelques marrons, dont on aura enlevé l'écorce, permettront aussi de confectionner beaucoup d'objets amusants : vous pourrez découper, dans cette chair blanche et ferme, des fruits, tels que poires, pommes, etc.; des rondelles diversement découpées vous fourniront des gâteaux ou de superbes fromages, pour jouer à la marchande. Une fois séchés et durcis, les objets en marrons peuvent être coloriés; malheureusement, en séchant, ils ne gardent pas leurs formes comme le font les objets que nous avons fabriqués avec de la mie de pain.

Madame
TOM TIT.

LES COQUILLAGES

Lorsque nous récolterons des coquillages sur le bord de la mer, nous les ferons d'abord bouillir dans de l'eau douce, puis sécher plusieurs jours au soleil, afin qu'ils n'aient plus d'odeur quand nous les rangerons dans nos boîtes. Entre chaque rangée de coquillages, nous placerons une couche d'ouate, pour éviter qu'ils ne se brisent en se choquant les uns contre les autres. Quand nous les rangerons, pendant l'hiver, ils nous rappelleront les joyeuses vacances passées au bord de la mer, la pêche des crevettes, la chasse aux crabes ! De plus, ils nous serviront à fabriquer des petits objets de fantaisie très appréciés des amateurs.

LE CHAT.

Regardez, par exemple, le premier coquillage de notre dessin ; fixez avec de la cire, au-dessus du côté en pointe, un autre coquillage ayant la forme d'un limaçon ; mettez deux petites coquilles en pointe de part et d'autre de ce dernier ; il ne vous reste plus qu'à coller deux petites perles noires pour voir apparaître un CHAT. Collez au museau quelques brins de crin pour faire les moustaches, et, pour cacher la rencontre de la tête et du corps, faites au minet un collier avec un brin de laine rouge. Placez l'animal sur une coquille renversée servant de support ; deux petites coquilles collées par devant représenteront les pieds ; quant à la queue, ce sera un de ces petits coquillages en forme de cornes creuses que l'on s'amuse à enfiler les uns dans les autres.

LE RAT.

Le quatrième coquillage sur le haut de notre dessin représente le corps et la tête du RAT. Deux coquillages pointus feront les oreilles, un plus grand sera la queue.

PORTE-MENUS.

Dans un déjeuner au bord de la mer, vous pourrez installer des coquilles de façon à faire tenir entre leurs deux valves le menu ou les noms des convives. Enfin, vous savez qu'avec des coquillages des pays étrangers on garnit des coffrets, des cadres, des objets de tous genres, plus ou moins jolis.

BONSHOMMES EN COQUILLAGES.

Je leur préfère LA MARCHANDE DE CREVETTES et son mari LE MARCHAND DE CRABES, poupées de porcelaine habillées avec des coquillages de nos pays, et principalement de petites moules tout ordinaires. On peut employer de la cire ou de la colle très forte, comme celle qui sert à raccommoder la porcelaine. On fait à la femme un jupon de grosse toile, puis on colle les moules sur ce jupon en commençant par le bas et de façon qu'elles se recouvrent comme les tuiles d'un toit. Le tablier est figuré par un coquillage appelé *peigne* à Paris, *pèlerin* à Marseille et *pétoncle* à la Rochelle ; près de cette ville est le plateau d'Aytré, où l'on fait de superbes récoltes de coquillages. Le bonnet de notre marchande est fait avec des coquilles d'anatiffe, ce curieux animal qui vit sur les vieilles pièces de bois flottant dans la mer. Les crevettes sont des carapaces de crevettes véritables, remplies de mie de pain. Elles sont collées, ainsi que de la mousse, sur le coquillage renversé servant de socle.

Les jambes de l'homme sont emprisonnées dans des coquilles de *solens* qu'on appelle vulgairement *couteaux* ; sur la tête est une coquille en forme de chapeau chinois. A ses pieds sont des carapaces de petits crabes, préparés comme les crevettes de tout à l'heure, ainsi que quelques coquillages posés sur de la mousse.

FIN

TABLE DES MATIÈRES

PARIS. TYPOGRAPHIE DE E. PLON, NOURRIT ET Cⁱᵉ, RUE GARANCIÈRE, 8.

ENCRES DE LA MAISON CH. LORILLEUX ET Cⁱᵉ.

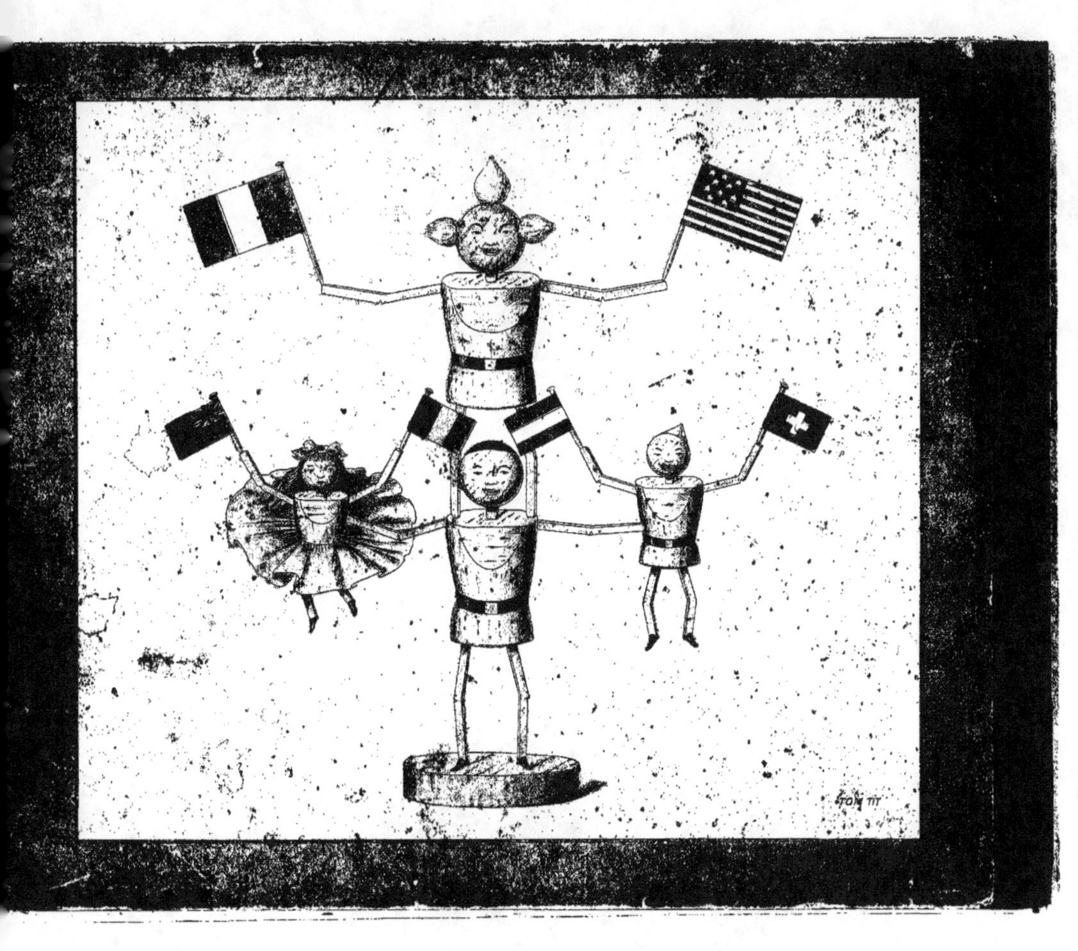